सिंहासन की छाया

आशुतोष प्रताप "यदुवंशी"

Made with ❤ on the Notion Press Platform
www.notionpress.com

। । श्री गणेशाय नमः । ।

। । राधे राधे । ।

। । जय श्री कृष्ण । ।

। । ॐ नमः शिवाय । ।

कुलदेवता - यदुवंश कुल गौरव आभीरपति गोपनायक योगेश्वर द्वारिकाधीश भगवान श्री कृष्ण

कुलदेवी - आदिशक्ति माँ भवानी स्वरूपा माँ योगमाया

एवं

सुरदायनी , ज्ञानदायनी वीणावादिनी माँ सरस्वती

की असीम अनुकंपा से ,

माताजी और पिताश्री,

जिनके स्नेह और त्याग ने मेरे जीवन को एक अर्थ दिया, यह रचना "सिंहासन की छाया" आप दोनों को समर्पित है। आपके दिए गए संस्कार, प्रेरणा और मार्गदर्शन की अमिट छाप मेरे जीवन के हर कदम पर रही है।

जब जीवन के प्रारंभिक वर्षों में मैंने इस संसार को समझने का प्रयास किया, तब आपने अपने अनुभव और धैर्य से मुझे संभाला। बचपन की कहानियों से लेकर जीवन के गूढ़ सत्य समझाने तक, हर मोड़ पर

आपने अपने ज्ञान से मेरा मार्गदर्शन किया। आपने जो मूल्य और आदर्श मुझे सिखाए, वे आज भी मेरे निर्णयों और कर्मों का आधार हैं।

माताजी, आपकी ममता और निःस्वार्थ प्रेम ने मुझे सहनशीलता और करुणा का अर्थ सिखाया। आपके साथ बिताए अनमोल क्षण, चाहे वो सुबह की पूजा हो, रसोई में आपकी मेहनत हो, या रात को सोते समय आपकी लोरी, सबने मेरे व्यक्तित्व को गहराई दी है। आपकी हंसी, आपका धैर्य और आपकी संघर्षशीलता ने मुझे सिखाया कि जीवन में कितनी भी कठिनाइयाँ आएं, हमें कभी हार नहीं माननी चाहिए। आपने अपने त्याग और समर्पण से न केवल परिवार को जोड़ा, बल्कि हमें अपने जीवन की वास्तविक प्राथमिकताओं का एहसास कराया।

पिताश्री, आपने हमेशा मुझे कर्म की महत्ता सिखाई। आपके जीवन के अनुभव और आपके द्वारा दिखाए गए आदर्शों ने मुझे यह समझने में मदद की कि सच्ची सफलता केवल मेहनत, ईमानदारी और धैर्य से प्राप्त की जा सकती है। आपके अनुशासन और स्नेह ने मुझे आत्मनिर्भर बनने की शक्ति दी। जब भी मैं किसी मुश्किल का सामना करता हूँ, आपके शब्द और आपके अनुभव मुझे प्रेरणा देते हैं। आपने जो भी बातें सिखाईं, वो आज भी मेरे जीवन का अभिन्न हिस्सा हैं। आपकी मेहनत और परिवार के प्रति समर्पण ने मुझे सिखाया कि असली बलिदान क्या होता है।

मुझे याद है, बचपन में जब भी मैं कोई गलती करता था, तो आप मुझे डांटते नहीं, बल्कि समझाते थे। आपने हमेशा कहा कि गलतियाँ इंसान को सीखने का अवसर देती हैं। आपकी ये बात आज भी मेरे जीवन का सिद्धांत है। आपने मुझे सिखाया कि असली शिक्षा केवल किताबों से नहीं, बल्कि अनुभवों से भी होती है। आपने जो शिक्षा और समझ दी है, वो अमूल्य है।

इस पुस्तक "सिंहासन की छाया" को लिखते समय, हर पृष्ठ पर आपका दिया हुआ मार्गदर्शन और शिक्षा मेरे साथ थी। यह केवल एक साहित्यिक रचना नहीं है, बल्कि आपके द्वारा दिए गए संस्कारों का प्रतीक है। इसमें आपके आदर्श, आपके मूल्य और आपके सपने झलकते हैं। यह पुस्तक मेरे जीवन की यात्रा का एक छोटा सा अंश है, जो आपके द्वारा दिखाए गए मार्ग पर चलकर पूरा हुआ है।

माताजी, आपके बिना मेरा जीवन अधूरा होता। आपने हमेशा मेरे सपनों को अपना सपना समझा। आपने मेरी हर छोटी-बड़ी खुशी का ख्याल रखा और हर कठिनाई को अपने ऊपर लिया ताकि मैं बिना किसी चिंता के अपने लक्ष्यों को प्राप्त कर सकूं। आपकी सादगी और निःस्वार्थता ने मुझे यह सिखाया कि जीवन में असली खुशी देने में है, लेने में नहीं।

पिताश्री, आपकी प्रेरणा ने मुझे हमेशा आगे बढ़ने की ताकत दी। आपने मुझे आत्मविश्वास और स्वाभिमान का महत्व समझाया। आपकी बातों और आपके जीवन के अनुभवों ने मुझे सिखाया कि संघर्ष के बिना कोई भी सपना साकार नहीं होता। आपने मुझे सिखाया कि सफलता का कोई शॉर्टकट नहीं होता। मेहनत और लगन से ही जीवन में असली मुकाम पाया जा सकता है।

इस पुस्तक के हर पन्ने पर आपके दिए हुए संस्कारों की छाया है। जब मैंने इसे लिखना शुरू किया, तब मैं हर समय यह सोचता था कि आप दोनों इस प्रयास को कैसे देखेंगे। मैं चाहता था कि यह रचना आपके मूल्यों और आपके आदर्शों का सम्मान करे। आपके द्वारा सिखाए गए सबक और जीवन जीने की कला ने मुझे इस पुस्तक को पूरा करने की शक्ति दी।

आप दोनों के जीवन के संघर्ष और उपलब्धियाँ मेरे लिए हमेशा प्रेरणा का स्रोत रही हैं। आपने मुझे सिखाया कि जीवन में कोई भी परिस्थिति स्थायी नहीं होती। कठिन समय भी बीत जाता है, और उसके बाद का सुख अधिक मधुर होता है। आपने हमेशा मुझे यह विश्वास दिलाया कि चाहे कितनी भी बाधाएँ आएं, हमें अपने लक्ष्यों से कभी भटकना नहीं चाहिए।

यह पुस्तक केवल मेरा प्रयास नहीं है, यह आपकी शिक्षाओं और मार्गदर्शन का फल है। आप दोनों ने जो भी किया, वह मेरे जीवन को सुंदर और अर्थपूर्ण बनाने के लिए किया। आपके स्नेह और आशीर्वाद के बिना मैं यहाँ तक कभी नहीं पहुँच पाता।

मुझे उम्मीद है कि यह पुस्तक आपके आदर्शों और मूल्यों का सही चित्रण कर सकेगी। यह आपके प्रति मेरी कृतज्ञता और सम्मान का एक छोटा सा प्रतीक है। आपके आशीर्वाद से मैंने यह रचना पूरी की है, और मुझे विश्वास है कि यह आपको गर्व का अनुभव कराएगी।

आपका स्नेह, आशीर्वाद और प्रेरणा हमेशा मेरे साथ रहे। आप दोनों के चरणों में मेरा यह छोटा सा प्रयास समर्पित है। यह केवल एक पुस्तक नहीं, बल्कि आपके प्रति मेरी भावनाओं और सम्मान का प्रतिबिंब है। आपके दिए हुए संस्कार और स्नेह ही मेरी सबसे बड़ी संपत्ति हैं।

आपका पुत्र,

आशुतोष प्रताप '' यदुवंशी ''

क्रम-सूची

क्रम-सूची

क्रम-सूची

प्रस्तावना

साहित्य जीवन का प्रतिबिंब होता है। यह न केवल हमारे समाज के स्वरूप को प्रस्तुत करता है, बल्कि उन गूढ़ पहलुओं को भी उजागर करता है, जो अक्सर अनदेखे रह जाते हैं। 'सिंहासन की छाया' एक ऐसी ही अद्वितीय कृति है, जो न केवल मनोरंजन का माध्यम है, बल्कि पाठकों को आत्मविश्लेषण और चिंतन करने के लिए भी प्रेरित करती है। यह पुस्तक सत्ता, संघर्ष, और समाज के उन पहलुओं को उजागर करती है, जो अक्सर इतिहास और कहानियों में छिपे रह जाते हैं।

इस पुस्तक का शीर्षक, 'सिंहासन की छाया', अपने आप में ही गहरा प्रतीकात्मक अर्थ रखता है। सिंहासन शक्ति, अधिकार और नेतृत्व का प्रतीक है, लेकिन इसकी छाया उन अनदेखे संघर्षों, त्याग और बलिदानों की ओर इंगित करती है, जो सत्ता की चमक के पीछे छिपे रहते हैं। यह पुस्तक उन कहानियों को उजागर करती है, जो सिंहासन की चमकदार सतह के नीचे दबी होती हैं—वे कहानियां जो इतिहास के पन्नों में नहीं लिखी जातीं, लेकिन समाज के ताने-बाने को प्रभावित करती हैं।

यह कृति केवल एक कहानी नहीं है, बल्कि यह समाज और मनुष्य के आपसी संबंधों का गहन अध्ययन है। पुस्तक में ऐसे पात्रों को गढ़ा गया है, जो न केवल वास्तविक जीवन से प्रेरित हैं, बल्कि उनके माध्यम से मानवीय भावनाओं और कमजोरियों को भी बखूबी प्रस्तुत किया गया है। यह पुस्तक पाठकों को उन सवालों का सामना करने के लिए मजबूर करती है, जिन्हें वे अक्सर टालते रहते हैं—सत्ता का असली मतलब क्या है? क्या शक्ति केवल अधिकारों का नाम है, या इसके साथ जिम्मेदारियां और त्याग भी जुड़े होते हैं? क्या सिंहासन की चमक सब कुछ है, या उसकी छाया में छिपे पहलुओं को समझना अधिक महत्वपूर्ण है?

पुस्तक के लेखन के दौरान समाज के विभिन्न पहलुओं का गहराई से अध्ययन किया गया है। इसमें राजनीति, सामाजिक संरचना, और व्यक्तिगत संघर्षों को बड़े ही प्रभावशाली ढंग से पिरोया गया है। लेखक ने अपने शब्दों के माध्यम से पाठकों को उस यथार्थ से परिचित कराया

है, जो शायद आमतौर पर नज़रअंदाज कर दिया जाता है। 'सिंहासन की छाया' सत्ता और शक्ति की कहानी होने के साथ-साथ यह उन अनकही कहानियों का भी संग्रह है, जो सत्ता के शिखर तक पहुंचने वाले रास्ते में बिछी होती हैं।

इस पुस्तक की सबसे बड़ी विशेषता इसकी संवेदनशीलता और प्रामाणिकता है। लेखक ने जिस प्रकार से हर पात्र को गढ़ा है, वह न केवल उसे जीवंत बनाता है, बल्कि पाठकों को उनके साथ जोड़ता भी है। हर पात्र के माध्यम से मानवीय मनोविज्ञान की जटिलताओं को बखूबी उजागर किया गया है। चाहे वह सत्ता के लोभ में डूबा राजा हो, या सिंहासन के बोझ से दबा एक शासक, हर पात्र अपनी कहानी कहता है।

पुस्तक की भाषा सरल और प्रभावी है, जो पाठकों को कहानी के साथ जोड़ने में सक्षम है। लेखक ने भाषा के माध्यम से न केवल कहानी को प्रकट किया है, बल्कि भावनाओं और विचारों को भी व्यक्त किया है। यह पुस्तक केवल साहित्यिक कृति नहीं है, बल्कि यह समाज के लिए एक दर्पण है, जिसमें हम अपने समाज और स्वयं को देख सकते हैं।

'सिंहासन की छाया' का उद्देश्य केवल मनोरंजन नहीं है। यह पुस्तक पाठकों को सोचने, सवाल पूछने और अपने विचारों को परखने के लिए प्रेरित करती है। यह उन पाठकों के लिए है, जो कहानियों के माध्यम से जीवन को बेहतर तरीके से समझना चाहते हैं। पुस्तक की कहानी पाठकों को न केवल आकर्षित करेगी, बल्कि उन्हें अपने दृष्टिकोण और विचारों को भी चुनौती देने के लिए प्रेरित करेगी।

लेखक का उद्देश्य केवल कहानी कहना नहीं है, बल्कि उन विचारों और मुद्दों को उठाना है, जो समाज में प्रासंगिक हैं। इस पुस्तक के माध्यम से लेखक ने न केवल सत्ता और समाज के मुद्दों को उठाया है, बल्कि मानवीय भावनाओं और कमजोरियों को भी उजागर किया है। यह पुस्तक पाठकों को सत्ता और समाज के नए पहलुओं को समझने का मौका देती है।

इस कृति की संरचना भी विशेष उल्लेखनीय है। कहानी का प्रवाह और घटनाओं का क्रम पाठकों को बांधे रखता है। हर अध्याय एक नई परत खोलता है, जो न केवल कहानी को आगे बढ़ाता है, बल्कि पाठकों

की जिज्ञासा को भी बनाए रखता है। लेखक ने जिस प्रकार से कथा का निर्माण किया है, वह न केवल प्रभावशाली है, बल्कि यह पाठकों को सोचने और आत्मविश्लेषण करने के लिए प्रेरित करता है।

इस पुस्तक की सबसे बड़ी विशेषता इसका यथार्थवाद है। इसमें जो घटनाएं और पात्र प्रस्तुत किए गए हैं, वे न केवल काल्पनिक हैं, बल्कि उनमें समाज और जीवन के यथार्थ की झलक भी मिलती है। यह पुस्तक पाठकों को एक ऐसे सफर पर ले जाती है, जहां वे न केवल कहानी का आनंद लेते हैं, बल्कि उसमें छिपे संदेशों को भी समझते हैं।

'सिंहासन की छाया' उन पाठकों के लिए है, जो केवल मनोरंजन के लिए नहीं, बल्कि साहित्य के माध्यम से अपने जीवन को समझने और उसे बेहतर बनाने के लिए पढ़ते हैं। यह पुस्तक केवल एक कहानी नहीं है, बल्कि यह समाज और जीवन के प्रति एक दृष्टिकोण है। यह पाठकों को अपने विचारों और दृष्टिकोण को परखने का मौका देती है।

यह कृति न केवल साहित्यिक दृष्टिकोण से महत्वपूर्ण है, बल्कि यह समाज और मानवता के प्रति एक गहरा संदेश भी देती है। यह पुस्तक पाठकों को सोचने और सवाल पूछने के लिए प्रेरित करती है। यह सत्ता, समाज और मानवता के उन पहलुओं को उजागर करती है, जो अक्सर अनदेखे रह जाते हैं।

लेखक ने इस पुस्तक के माध्यम से साहित्य की शक्ति को प्रस्तुत किया है। उन्होंने यह दिखाया है कि साहित्य केवल मनोरंजन का माध्यम नहीं है, बल्कि यह समाज और मानवता के लिए एक महत्वपूर्ण माध्यम भी है। 'सिंहासन की छाया' न केवल एक उत्कृष्ट कृति है, बल्कि यह साहित्य के प्रति एक योगदान भी है।

अंत में, यह पुस्तक केवल कहानी नहीं है, बल्कि यह समाज और जीवन के प्रति एक दृष्टिकोण है। यह पाठकों को सोचने और अपने विचारों को परखने के लिए प्रेरित करती है। यह पुस्तक उन पाठकों के लिए है, जो साहित्य के माध्यम से अपने जीवन को समझना और उसे बेहतर बनाना चाहते हैं। यह पुस्तक केवल एक कहानी नहीं है, बल्कि यह समाज और मानवता के लिए एक संदेश है।

'सिंहासन की छाया' केवल एक साहित्यिक कृति नहीं है, बल्कि यह समाज और जीवन के प्रति एक दृष्टिकोण है। यह पुस्तक पाठकों को सोचने और अपने विचारों को परखने के लिए प्रेरित करती है। यह पुस्तक उन पाठकों के लिए है, जो साहित्य के माध्यम से अपने जीवन को समझना और उसे बेहतर बनाना चाहते हैं। यह पुस्तक केवल एक कहानी नहीं है, बल्कि यह समाज और मानवता के लिए एक संदेश है।

भूमिका

सत्ता और संघर्ष का इतिहास मानव सभ्यता के प्रारंभिक दौर से ही हमारी संस्कृति, साहित्य और राजनीति का अभिन्न हिस्सा रहा है। "सिंहासन की छाया" इसी सत्ता संघर्ष की कहानी है, जो न केवल एक काल्पनिक दुनिया में ले जाती है, बल्कि वास्तविक जीवन और समाज के गहरे सच को उजागर करती है। यह पुस्तक सत्ता के खेल, उसके प्रभाव, और उससे जुड़ी मानवीय भावनाओं की कहानी है। लेखक ने इस पुस्तक के माध्यम से यह दिखाने का प्रयास किया है कि सिंहासन की चमक-दमक के पीछे कितनी गहरी और अंधकारमयी छायाएं होती हैं।

सिंहासन को शक्ति और अधिकार का प्रतीक माना जाता है। लेकिन शक्ति के साथ जिम्मेदारियाँ और बलिदान भी जुड़ते हैं। यह पुस्तक इस सत्य को रेखांकित करती है कि सत्ता का अर्थ केवल शासन करना नहीं है; यह एक ऐसी जिम्मेदारी है, जो व्यक्ति के चरित्र, उसकी निष्ठा, और उसके जीवन को प्रभावित करती है। "सिंहासन की छाया" न केवल एक शासक के सिंहासन तक पहुंचने की यात्रा को दर्शाती है, बल्कि यह भी बताती है कि सिंहासन पर बैठने के बाद उसकी छाया कितनी गहरी होती है, और यह छाया केवल राजा तक सीमित नहीं रहती, बल्कि उसके आस-पास के हर व्यक्ति और समाज पर भी अपना प्रभाव डालती है।

इस पुस्तक में सत्ता संघर्ष के साथ-साथ मानवीय भावनाओं, रिश्तों और समाज के विभिन्न पहलुओं को भी बड़ी गहराई से उकेरा गया है। यह कहानी हमें उस समय में ले जाती है, जब सिंहासन के लिए होने वाले युद्ध केवल बाहरी ही नहीं, बल्कि आंतरिक भी होते थे। लेखक ने बारीकी से उन मानसिक और भावनात्मक संघर्षों का चित्रण किया है, जिनसे पात्र गुजरते हैं। हर चरित्र अपने आप में गहराई और जटिलता से भरा हुआ है, और उनकी भावनाएं, विचार और कार्य पाठकों को सोचने पर मजबूर करते हैं।

"सिंहासन की छाया" में राजनीतिक षड्यंत्र, विश्वासघात, वफादारी, और प्रेम जैसे विभिन्न तत्व शामिल हैं। सत्ता पाने की चाहत

इंसान को किस हद तक ले जा सकती है, यह पुस्तक इस सवाल का जवाब देती है। इसमें यह दिखाया गया है कि सत्ता का मोह कभी-कभी रिश्तों और मूल्यों को भी दांव पर लगा देता है। लेकिन यह भी सत्य है कि सत्ता का सही उपयोग समाज को बदलने और लोगों के जीवन को बेहतर बनाने के लिए किया जा सकता है। इस पुस्तक का एक प्रमुख संदेश यह है कि सच्चे नेतृत्व का अर्थ केवल सिंहासन पर बैठना नहीं है, बल्कि लोगों के दिलों पर राज करना है।

पुस्तक के पात्र और उनकी कहानियां केवल मनोरंजन के लिए नहीं हैं, बल्कि उनके माध्यम से लेखक ने कई गहरे सामाजिक और नैतिक प्रश्न उठाए हैं। उदाहरण के लिए, क्या सत्ता के लिए रिश्तों की बलि देना उचित है? क्या किसी व्यक्ति को अपने सिद्धांतों को त्यागकर केवल सिंहासन पाने के लिए किसी भी हद तक जाना चाहिए? और सबसे महत्वपूर्ण, क्या सिंहासन पर बैठने के बाद कोई व्यक्ति वास्तव में स्वतंत्र रह पाता है, या वह खुद भी उस सिंहासन की छाया में बंध जाता है?

पुस्तक में राजनीतिक पृष्ठभूमि के साथ-साथ भावनात्मक और सांस्कृतिक तत्वों का अद्भुत समायोजन है। इसमें दिखाया गया है कि किस तरह से सत्ता का संघर्ष केवल युद्ध के मैदान तक सीमित नहीं होता, बल्कि यह मानसिक, सामाजिक और व्यक्तिगत स्तर पर भी चलता रहता है। लेखक ने कहानी को इस तरह से गढ़ा है कि पाठक उसमें डूब जाता है और हर पृष्ठ के साथ उसे नई भावनाओं और विचारों का अनुभव होता है।

"सिंहासन की छाया" में ऐतिहासिक और काल्पनिक कथा का अनूठा मिश्रण है। यह पुस्तक न केवल अतीत की घटनाओं से प्रेरणा लेती है, बल्कि वर्तमान समाज की स्थितियों को भी प्रतिबिंबित करती है। इसमें दिखाया गया है कि कैसे सत्ता का प्रभाव न केवल राजाओं और उनके दरबार तक सीमित होता है, बल्कि यह समाज के हर वर्ग को प्रभावित करता है। यह कहानी हमें यह समझने में मदद करती है कि सत्ता का सही उद्देश्य क्या है और इसे कैसे उपयोग किया जाना चाहिए।

लेखक की लेखन शैली सरल और प्रभावशाली है। उन्होंने न केवल पात्रों और घटनाओं को बारीकी से उकेरा है, बल्कि उनके माध्यम से पाठकों को सोचने और आत्ममंथन करने के लिए प्रेरित किया है। पुस्तक का हर पृष्ठ पाठकों को उत्सुकता और रोमांच से भर देता है। यह पुस्तक न केवल एक मनोरंजक कथा है, बल्कि यह जीवन के गहरे और जटिल प्रश्नों पर भी प्रकाश डालती है।

"सिंहासन की छाया" की सबसे बड़ी विशेषता यह है कि यह केवल सत्ता संघर्ष की कहानी नहीं है। यह पुस्तक मानवीय संवेदनाओं, नैतिकता, और समाज के मूल्यों की भी पड़ताल करती है। इसमें दिखाया गया है कि कैसे सत्ता का सही उपयोग समाज को बदल सकता है, और कैसे इसका दुरुपयोग विनाश का कारण बन सकता है।

पुस्तक का शीर्षक "सिंहासन की छाया" अपने आप में गहरा अर्थ रखता है। यह न केवल सिंहासन की शक्ति को दर्शाता है, बल्कि उसकी छाया और उसके प्रभाव को भी उजागर करता है। यह छाया केवल उस व्यक्ति पर नहीं पड़ती, जो सिंहासन पर बैठता है, बल्कि उसके आस-पास के हर व्यक्ति पर भी इसका प्रभाव होता है। यह छाया कभी प्रेरणा का स्रोत बनती है, तो कभी विनाश का कारण।

इस पुस्तक को पढ़ते समय पाठक स्वयं को कहानी के पात्रों के साथ जोड़ पाएंगे। वे उनके संघर्षों, उनकी भावनाओं और उनकी कमजोरियों को महसूस करेंगे। यह पुस्तक न केवल एक कथा है, बल्कि यह एक दर्पण भी है, जो हमें हमारे समाज और स्वयं के भीतर झांकने का अवसर प्रदान करती है।

"सिंहासन की छाया" केवल उन लोगों के लिए नहीं है, जिन्हें ऐतिहासिक या राजनीतिक कहानियां पसंद हैं। यह उन सभी पाठकों के लिए है, जो जीवन, समाज और सत्ता के गहरे अर्थ को समझना चाहते हैं। यह पुस्तक हमें यह सिखाती है कि शक्ति का सही उपयोग क्या है और कैसे नैतिकता और सिद्धांतों के बिना सत्ता केवल विनाश का कारण बनती है।

अंत में, "सिंहासन की छाया" एक ऐसी कहानी है, जो पाठकों को अपने विचारों और मूल्यों को पुनः मूल्यांकित करने के लिए प्रेरित करती

है। यह पुस्तक न केवल एक मनोरंजक यात्रा है, बल्कि यह एक गहरा अनुभव भी है, जो पाठकों को जीवन के कई पहलुओं को नए दृष्टिकोण से देखने का अवसर प्रदान करती है। आशा है कि यह पुस्तक आपको न केवल प्रभावित करेगी, बल्कि आपके भीतर कुछ नया सोचने और समझने का बीज भी बोएगी।

पावती (स्वीकृति)

"सिंहासन की छाया" के लिए इस स्वीकृति के माध्यम से, मैं उन सभी लोगों का हृदय से आभार प्रकट करना चाहता हूँ, जिनके सहयोग, प्रेरणा और समर्थन के बिना यह पुस्तक संभव नहीं हो पाती। एक लेखक के लिए उसकी रचना न केवल उसकी कल्पना और परिश्रम का परिणाम होती है, बल्कि यह उन लोगों की सामूहिक सहायता और योगदान का प्रतीक भी होती है, जिन्होंने उसकी इस यात्रा को संभव बनाया।

सबसे पहले, मैं उन अदृश्य हाथों का धन्यवाद करना चाहता हूँ, जिन्होंने मेरी सोच को आकार दिया। यह पुस्तक न केवल मेरी कल्पनाशक्ति का परिणाम है, बल्कि इतिहास के उन तमाम पात्रों, घटनाओं, और विचारों से प्रेरित है, जिन्होंने मेरे भीतर इस कहानी को जीवित किया। सत्ता और संघर्ष की गाथा को समझने और इसे एक रोचक कथा के रूप में प्रस्तुत करने की प्रेरणा मुझे अतीत के उन क्षणों से मिली है, जिन्होंने मानवता के विकास और पतन दोनों को प्रभावित किया।

इस पुस्तक की रचना के दौरान मुझे कई ऐसे क्षणों का सामना करना पड़ा, जब मैं विचारों में उलझ गया था। ऐसे समय में, मेरे परिवार ने मुझे धैर्य और प्रेरणा प्रदान की। मेरे माता-पिता ने हमेशा मेरे सपनों को प्रोत्साहित किया और मुझे यह सिखाया कि कठिनाइयों के सामने कभी हार नहीं माननी चाहिए। उनकी शिक्षा और उनके द्वारा सिखाए गए मूल्यों ने मुझे इस पुस्तक को पूरा करने की ताकत दी। मेरी जीवनसंगिनी (या जीवनसाथी) ने हर कठिन समय में मेरा साथ दिया। उनकी निस्वार्थ सहायता, मेरे लेखन के प्रति उनकी समझ और उनके धैर्य के बिना यह कार्य संभव नहीं हो सकता था।

मैं अपने मित्रों और सहकर्मियों का भी आभार व्यक्त करना चाहता हूँ, जिन्होंने मेरी इस रचना को आकार देने में अप्रत्यक्ष रूप से योगदान दिया। उनकी प्रेरक बातचीत, उनकी आलोचनाएँ और सुझाव मेरे लिए अनमोल थे। उन्होंने न केवल मेरी कहानी को बेहतर बनाने में मदद की,

बल्कि मुझे यह सिखाया कि एक लेखक के लिए अपने पाठकों की दृष्टि को समझना कितना महत्वपूर्ण है।

इस पुस्तक को लिखते समय मुझे कई साहित्यिक स्रोतों और ऐतिहासिक संदर्भों का सहारा लेना पड़ा। उन सभी महान लेखकों, इतिहासकारों और दार्शनिकों का मैं हृदय से आभारी हूँ, जिन्होंने अपने शब्दों और विचारों के माध्यम से मुझे प्रेरणा दी। उनकी रचनाओं ने मुझे न केवल बेहतर लेखक बनने में मदद की, बल्कि मुझे यह भी सिखाया कि एक कहानी को कैसे गहराई और उद्देश्य दिया जा सकता है।

"सिंहासन की छाया" का प्रकाशन संभव बनाने में मेरे प्रकाशक का भी महत्वपूर्ण योगदान है। उनके द्वारा प्रदान किए गए मार्गदर्शन, संपादन, और तकनीकी सहायता ने इस पुस्तक को उस रूप में प्रस्तुत करने में मदद की है, जैसा मैंने हमेशा कल्पना की थी। संपादक महोदय ने मेरे लेखन को निखारने में जो मेहनत की, उसके लिए मैं उन्हें विशेष रूप से धन्यवाद देना चाहता हूँ। उनकी दृष्टि और परिश्रम ने मेरी कहानी को और भी अधिक प्रभावशाली बना दिया।

मैं उन पाठकों का भी धन्यवाद करना चाहता हूँ, जिन्होंने मेरे पूर्व लेखन कार्यों को सराहा और मुझे नई रचनाओं के लिए प्रेरित किया। उनकी प्रतिक्रियाएँ, उनके विचार, और उनकी अपेक्षाएँ मेरे लिए हमेशा एक प्रेरणा का स्रोत रही हैं। यह पुस्तक भी उन्हीं के लिए है। मुझे आशा है कि "सिंहासन की छाया" उनके दिलों को छुएगी और उन्हें न केवल मनोरंजन प्रदान करेगी, बल्कि उनके भीतर कुछ नया सोचने की भावना भी जागृत करेगी।

इस स्वीकृति के माध्यम से, मैं उन सभी अनाम लोगों का भी आभार व्यक्त करना चाहता हूँ, जिन्होंने अप्रत्यक्ष रूप से मेरी इस यात्रा को आसान बनाया। चाहे वह मेरी लेखन प्रक्रिया के दौरान मुझे आवश्यक शांति प्रदान करने वाले सहायक हों, या वह पुस्तक से जुड़े तकनीकी और प्रचार के क्षेत्र में काम करने वाले लोग हों—उनका योगदान अमूल्य है।

लेखन की यह यात्रा मेरे लिए केवल एक रचनात्मक प्रक्रिया नहीं थी, बल्कि यह आत्म-खोज और आत्म-विश्लेषण का भी अनुभव था।

"सिंहासन की छाया" के माध्यम से मैंने न केवल सत्ता और संघर्ष को समझने की कोशिश की, बल्कि अपने भीतर के विचारों, मूल्यों और सपनों को भी परखा। इस यात्रा ने मुझे यह सिखाया कि एक लेखक के लिए हर शब्द का महत्व होता है और हर कहानी पाठकों के साथ संवाद का माध्यम बनती है।

इस पुस्तक की प्रेरणा सत्ता और उसके प्रभाव से जुड़े गहरे और जटिल प्रश्नों से मिली। मैंने यह महसूस किया कि समाज में सत्ता केवल एक साधन नहीं है, बल्कि यह एक जिम्मेदारी है, जो न केवल एक व्यक्ति को, बल्कि पूरे समाज को प्रभावित करती है। इसी विचार ने मुझे "सिंहासन की छाया" लिखने के लिए प्रेरित किया।

अंत में, मैं उन अदृश्य शक्तियों का धन्यवाद करता हूँ, जिन्होंने मेरी रचनात्मकता को सजीव बनाए रखा। यह पुस्तक मेरे लिए केवल एक कहानी नहीं है; यह मेरे विचारों, सपनों और जीवन के अनुभवों का प्रतिबिंब है।

"सिंहासन की छाया" आपके हाथों तक पहुंचाने में सभी के योगदान के लिए मैं हृदय से आभारी हूँ। यह पुस्तक आपके विचारों, आपकी प्रतिक्रियाओं, और आपके समर्थन के बिना अधूरी है। मुझे आशा है कि यह कहानी आपके भीतर किसी नई सोच और भावना को जन्म देगी।

धन्यवाद,

आमुख

साहित्य सृजन समाज की अंतःधारा और संस्कृति की मूल भावनाओं को उजागर करने का माध्यम होता है। एक रचना न केवल अपने समय का दर्पण होती है, बल्कि वह अतीत के अनुभवों और भविष्य की संभावनाओं को भी प्रकट करती है। भारतीय उपन्यास साहित्य में ऐसी कृतियाँ बहुत कम हैं जो सत्ता, समाज और मानवीय संघर्षों को इतनी गहराई और संवेदनशीलता से उकेरती हैं जैसे कि "सिंहासन की छाया"। यह उपन्यास इतिहास, राजनीति और मानवीय संवेदनाओं का अद्भुत संगम है, जो पाठकों को न केवल अपनी कथा से बाँधता है, बल्कि सोचने पर भी मजबूर करता है।

"सिंहासन की छाया" महज एक कथा नहीं है, बल्कि यह सत्ता के उस अंधकारमय पक्ष को उजागर करती है जो सिंहासन के पीछे छिपा होता है। यह उपन्यास सत्ता के साथ जुड़े लालच, संघर्ष, और उस नैतिक पतन को दर्शाता है जो अक्सर किसी व्यक्ति या समाज को अपनी चपेट में ले लेता है। सत्ता की परछाई न केवल उसे थामने वाले पर पड़ती है, बल्कि उसके आसपास खड़े हर व्यक्ति को प्रभावित करती है।

सत्ता और मानवीय मूल्यों का द्वंद

"सिंहासन की छाया" का मूल विषय सत्ता और मानवीय मूल्यों का द्वंद्व है। सत्ता, जो एक ओर शक्ति और सामर्थ्य का प्रतीक है, दूसरी ओर लोभ, भय, और स्वार्थ का भी कारण बनती है। यह उपन्यास उन सवालों को उठाता है जो हर समाज और काल में प्रासंगिक रहे हैं – क्या सत्ता इंसान को भ्रष्ट करती है, या क्या भ्रष्ट व्यक्ति ही सत्ता को विकृत करता है? सत्ता का लालच किस हद तक मानवीय संवेदनाओं को कुचल सकता है?

इस पुस्तक में लेखक ने यह दिखाने का प्रयास किया है कि सत्ता केवल एक पद नहीं है, बल्कि यह एक जिम्मेदारी है। जब यह जिम्मेदारी एक साधन के रूप में देखी जाती है, तो यह समाज को उन्नति की

ओर ले जाती है। परंतु जब सत्ता को केवल अधिकार और विलासिता का साधन बना दिया जाता है, तब यह विनाश का कारण बनती है। यह उपन्यास पाठकों को सिखाता है कि किसी भी सिंहासन के पीछे संघर्ष और कुर्बानियों की एक लंबी कथा होती है, जिसे कभी-कभी इतिहास अनदेखा कर देता है।

ऐतिहासिक और सांस्कृतिक पृष्ठभूमि

"सिंहासन की छाया" की कथा किसी एक समय या स्थान तक सीमित नहीं है। यह उस ऐतिहासिक और सांस्कृतिक पृष्ठभूमि को चित्रित करती है जो सत्ता के संघर्षों, षड्यंत्रों, और राजनीतिक उठापटक से भरी हुई है। लेखक ने इस उपन्यास में इतिहास को केवल घटनाओं के रूप में प्रस्तुत नहीं किया है, बल्कि उन घटनाओं के पीछे छिपे मानवीय भावनाओं और मनोविज्ञान को भी गहराई से उभारा है।

सत्ता का खेल किसी भी युग में एक जैसा ही होता है। चाहे वह साम्राज्यों का काल हो, या लोकतंत्र का युग, सत्ता के लिए होने वाले संघर्षों में व्यक्ति की महत्वाकांक्षाएँ, ईर्ष्या, और द्वेष समान रूप से कार्य करते हैं। यह उपन्यास इन घटनाओं को न केवल ऐतिहासिक संदर्भ में प्रस्तुत करता है, बल्कि उन्हें आधुनिक समय के संदर्भ में भी जोड़ता है, जिससे पाठक खुद को इससे जुड़ा हुआ महसूस करते हैं।

पात्र और उनकी गहराई

इस उपन्यास के पात्र लेखक की उत्कृष्ट रचनात्मकता और उनकी मानवीय समझ का प्रमाण हैं। हर पात्र अपनी जगह पर अद्वितीय है, और उनके विचार, भावनाएँ, और कार्य पाठकों को उनके साथ सहानुभूति और कभी-कभी विरोध करने पर मजबूर करते हैं। "सिंहासन की छाया" के नायक और खलनायक दोनों ही साधारण मनुष्यों की तरह जटिल और बहुआयामी हैं। उनकी कमजोरियाँ और उनकी ताकतें उन्हें और अधिक वास्तविक बनाती हैं।

पात्रों के माध्यम से लेखक यह दर्शाते हैं कि सत्ता का खेल केवल राजा या शासक तक सीमित नहीं रहता, बल्कि उसके प्रभाव में सारा समाज आता है। सत्ता का भार केवल सिंहासन पर बैठे व्यक्ति पर नहीं पड़ता, बल्कि वह भार उन सभी पर पड़ता है जो उसके करीब होते हैं।

भाषा और शैली

"सिंहासन की छाया" की भाषा सरल, प्रवाहपूर्ण और प्रभावी है। लेखक ने अपनी शैली में नाटकीयता और यथार्थ का ऐसा अद्भुत संतुलन बनाया है, जो पाठकों को कथा में डूबने पर मजबूर करता है। ऐतिहासिक प्रसंगों का वर्णन करते समय भाषा में जो गंभीरता और गहराई दिखती है, वही मानवीय भावनाओं और आंतरिक संघर्षों को व्यक्त करते समय एक कोमलता और संवेदनशीलता में बदल जाती है।

उपन्यास की भाषा न केवल कथानक को सजीव बनाती है, बल्कि पाठकों को सोचने पर भी मजबूर करती है। यह भाषा पाठकों को कथा के हर दृश्य, हर संवाद, और हर भावना को महसूस करने का अवसर देती है।

समाज को संदेश

"सिंहासन की छाया" केवल मनोरंजन के लिए लिखी गई कृति नहीं है। यह समाज को एक गहरा संदेश देती है – सत्ता और शक्ति के पीछे भागते हुए हमें अपने मूल्यों, नैतिकताओं, और जिम्मेदारियों को नहीं भूलना चाहिए। यह उपन्यास हमें यह सिखाता है कि असली शक्ति दूसरों पर शासन करने में नहीं, बल्कि अपने आप पर नियंत्रण रखने में है।

लेखक ने इस उपन्यास के माध्यम से यह भी बताया है कि सत्ता कभी स्थायी नहीं होती। जो सिंहासन आज किसी का है, वह कल किसी और का होगा। इस अस्थिरता के बावजूद, मनुष्य का स्वभाव सत्ता को स्थायी मानने की भूल करता है। यही भूल समाज और व्यक्ति दोनों के पतन का कारण बनती है।

निष्कर्ष

"सिंहासन की छाया" केवल एक उपन्यास नहीं है, यह समाज, राजनीति और मानवीय भावनाओं का गहन अध्ययन है। यह कृति सत्ता के आकर्षण और उसके पीछे छिपे खतरों को उजागर करती है। यह पाठकों को न केवल मनोरंजन प्रदान करती है, बल्कि उन्हें सोचने और आत्ममंथन करने पर मजबूर करती है।

यह आमुख इस उपन्यास को पढ़ने की यात्रा के लिए एक द्वार खोलता है। जैसे-जैसे आप इस पुस्तक के पन्नों में डूबते जाएँगे, आपको न केवल सत्ता के रहस्यों का पता चलेगा, बल्कि मनुष्य के भीतर छिपे उन अनकहे भावों और संघर्षों का भी अनुभव होगा, जो हर काल में समान रहते हैं। "सिंहासन की छाया" एक ऐसी कृति है जो पाठकों को न केवल विचारशील बनाती है, बल्कि उन्हें अपने समय और समाज की जिम्मेदारियों को समझने का अवसर भी देती है।

1

संघर्ष का आरंभ

अरविंद कुमार ने आँखें बंद कीं और धीरे से गहरी सांस ली। उस गाँव की यादें आज भी उसके दिल में ताजा थीं, जहाँ से उसकी यात्रा शुरू हुई थी। सच्चाई के साथ राजनीति में कदम रखने का सपना, वह गाँव की गलियों और खेतों में चलते हुए देखा करता था।

गाँव के छोटे से घर में पला-बढ़ा अरविंद, किसी समय संघर्षों से जूझता हुआ, अब राज्य की राजनीति के सबसे बड़े मंच पर खड़ा था। उसकी आँखों में एक ठानी हुई भावना थी, एक उम्मीद, जो उसे भ्रष्टाचार और तानाशाही से लड़ने के लिए प्रेरित करती थी।

"क्या तुम तैयार हो?" उसके साथी और विश्वासपात्र, रघु ने पूछा, जो उसके साथ था।

अरविंद ने सिर झुकाया, और फिर चुपचाप बाहर का दृश्य देखने लगा।

राजधानी के छावनी क्षेत्र में उसकी कार पहुंची, जहाँ उसका पहला महत्वपूर्ण संबोधन था। मंच पर खड़ा अरविंद, एक सच्चे नेता के रूप में उभरने की उम्मीदों के साथ, विशाल सिंह जैसे दिग्गजों से मुकाबला करने के लिए तैयार था।

"आज से कुछ वर्षों पहले, हम में से अधिकांश का मानना था कि राजनीति सिर्फ एक खेल है, जहाँ ताकत और पैसा ही महत्वपूर्ण हैं। लेकिन यह समय का सच नहीं है। आज, हम एक नई राजनीति का

आगाज़ कर रहे हैं, जो भ्रष्टाचार, अन्याय, और असमानता से मुक्त होगी।"

अरविन्द और साथियों के द्वारा ,

काव्य गर्जना के साथ राजनीतिक संघर्ष का आगाज़ :-

सिंहासन की छाया में, अब अन्याय नहीं पनपेगा,
लोकतंत्र का दीप जलेगा, अब अंधियारा नहीं जमेगा।
जो सत्ता को समझे जागीर, वो अपनी भूल सुधार करे,
जनता की ताक़त जाग उठी, आओ अब संग्राम करें ।
लोकतंत्र कोई वस्त्र नहीं, जब तक चाहे कोई पहने ,
ये जनता का अधिकार है, अब सिंहासन नया गढ़े।
तुम कुर्सी पर बैठे हो, तो सेवक बनकर दिखलाओ,
वरना जनता की आँधी में, सिंहासन से नीचे आओ।
जो वादों के पुल बांध चले, और जुमलों में सब भरमाया,
जो जनता की आशा लूटी, अब सिंहासन हिलने आया।
अब ये जनता मौन नहीं है, अब ये ताज बदल जाएगा,
जनमत रूपी खड्ग वार से , निर्णय उभरकर आएगा।
सत्ता की कुंजी जनता है, ये शासन नहीं तिजोरी है,
जनता ही है इसे उठाती , लोकतंत्र एक डोली है।
अब राजमहल में बैठ कोई, जन-मन को लूट नहीं पाएगा,
अब हर प्रश्न का उत्तर देगा, अब हर वादा पूरा होगा!
अगर कुर्सी को स्वार्थ समझा, तो वो कुर्सी जला देंगे,
यदि सत्ता को मद बना लिया, तो सिंहासन हिला देंगे।
ये भारत का   लोकतंत्र है, जनता का सम्मान रहे,
जो राजा बनकर बैठा है, वो जनता की पहचान रहे।
अब नए स्वराज का संकल्प, हर दिल में प्रज्वलित होगा,
अब जालिम सत्ता नहीं चलेगी, अब भारत विकसित होगा।

जो झूठ के दीप जलाए थे, अब वो तम की छाँव बनेंगे,
अब नया सवेरा आएगा, जब लोकमत के दीप जलेंगे।
    अब स्वार्थ दीवारें टूटेंगी, अब सब हिसाब होगा,
जो लूट रहे थे जनता को, अब वही जवाब होगा।
एक नया इतिहास लिखेंगे, अब सच्ची सरकार बनेगी,
अब सिंहासन की छाया में, बस जनता की हुंकार रहेगी।
    अब नयी सुबह आएगी, अब लोकतंत्र महकेगा,
अब जनता की शक्ति से, फिर भारत आगे बढ़ेगा।
कोई सिंहासन की छाया बन, जनता को न तड़पाएगा,
अब कुर्सी वही संभालेगा, जो देश को आगे बढ़ाएगा।
    लोकतंत्र की गरिमा को, अब जनता और न गिरने दे !
अब सिंहासन वही संभालेगा, जो जनता के साथ चले!
अन्याय की जड़ें उखाड़ो, सच्चाई का राज बने,
जनता का स्वाभिमान उठे, अब भारत का ताज जगे!

    सभी लोग उसकी बातें ध्यान से सुन रहे थे। लेकिन क्या यह केवल एक भाषण था, या इसमें कुछ और था, इस सवाल ने उसके अंदर भी कई उथल-पुथल मचा रखी थी। क्या वह सच में अपने शब्दों को पूरा कर पाएगा? क्या वह उन ताकतों से पार पा सकेगा, जो सत्ता में बैठे हैं और जनता की उम्मीदों के साथ खिलवाड़ कर रहे हैं?

2

पत्रकारिता का संघर्ष

आशिमा मलिक, एक प्रमुख पत्रकार और आलोचक, जिसने हमेशा सत्ता के गलत पक्ष को उजागर किया था, अरविंद के साथ इस नई राजनीति के मुहिम में शामिल हो गई।

"आप सिर्फ एक आदमी नहीं, एक आंदोलन हैं," आशिमा ने कहा, जब उसने अरविंद से पहली बार मुलाकात की थी। "लोग आपके साथ हैं, लेकिन यह यात्रा आसान नहीं होगी।"

अरविंद ने सिर झुकाया। "मैं जानता हूँ, लेकिन अगर हम इस रास्ते पर आगे बढ़े, तो लोग जानेंगे कि हम सच के साथ खड़े हैं।"

आशिमा की कलम से निकली रिपोर्ट्स ने कई बार सत्ता के काले धंधों को बेनकाब किया था। अब वह और अरविंद, दोनों मिलकर विशाल सिंह की राजनीति को चुनौती देने के लिए तैयार थे।

"राजनीति को साफ़ करना कोई आसान काम नहीं है," आशिमा ने कहा, "लेकिन अगर आप सही रास्ते पर हैं, तो जनता आपके साथ है।"

यह उपन्यास "सिंहासन की छाया" एक गहरी और सामयिक कहानी की नींव रखता है, जिसमें राजनीति, भ्रष्टाचार, और संघर्ष के तत्वों का अनूठा मिश्रण है। इसे और अधिक विस्तृत करने के लिए, हम कुछ महत्वपूर्ण पहलुओं को जोड़ सकते हैं:-

जैसे आशिमा मलिक जैसे ईमानदार पत्रकारों के कुछ पंक्तियाँ :-

सच की लौ जलाने निकले,
शब्दों का ज्वालामुखी लिए,
हर अंधियारे को चीर सकें,
हम हिम्मत की रोशनी लिए।

सत्ता के सिंहासन डोले,
जब सच की वंशी गूंज उठे,
शब्द बने वज्र प्रखर,
हर झूठ की जंजीर टूटे।

कलम हमारी स्याही नहीं,
शेर की दहाड़ बनी,
हर ख़बर में जज़्बात भरे,
हर पंक्ति में आग जली।

कभी तूफ़ानों ने रोका,
कभी हवाओं ने बुझाया,
पर हमने अपने संकल्पों से,
हर सच का सूरज उगाया।

स्वर्णिम अक्षरों में गढ़ें हम,
न्याय की पावन गाथाएँ,
कभी दीपक, कभी मशाल बन,
जलाएं सत्य की बाताएँ।

धन, भय, प्रलोभन की आँधी,
हमारी क़लम न रोक सके,
हर बाधा के पर्वत चीरें,
सच के सागर समार सकें।

पत्रकारिता बस लेख नहीं,
न्याय का रणसंग्राम है,
हर संघर्ष में चमकेगी यह,
सच की अमर पहचान है।

चलिए अगले अध्याय के तरफ बढ़ते हैं -

3

संघर्ष की नब्ज़

अरविंद और आशिमा की साझेदारी से राजनीतिक दृश्य में हलचल मच गई थी। मीडिया में अरविंद के भाषणों का प्रसारण होता और पत्रकारों की कलमें विशाल सिंह के शासन के काले पक्ष को उजागर करतीं।

लेकिन, इस सबके बावजूद, विशाल सिंह की सत्ता के खिलाफ खड़ा होना कोई साधारण बात नहीं थी। अरविंद जानता था कि मीडिया और जनता की समर्थन से वह शायद उसे चुनौती दे सके, लेकिन विशाल के पास सत्ता और गहरे कनेक्शन थे जो किसी भी विरोधी को कुचलने की ताकत रखते थे।

"हम सिर्फ सत्य नहीं, एक सपना बेच रहे हैं," आशिमा ने कहा। "लोगों को विश्वास दिलाना होगा कि बदलाव संभव है।"

अरविंद की स्थिति अब और भी जटिल हो गई थी। उसके कदमों के निशान विपक्षी पार्टियों और भ्रष्ट तंत्र द्वारा बार-बार विरोध के रूप में उभरने लगे थे। अब यह लड़ाई केवल एक नेता और दूसरे के बीच नहीं, बल्कि जनता और सत्ता के बीच की थी।

अरविंद का एक समर्थक जो कि कवि है , उत्साह दिलाते हुए कहता है :-

मत सोच कि राहें आसान होंगी,
हर कदम पर दुश्वारियाँ होंगी,
तूफ़ानों से लड़कर जो बढ़ते,
उनकी ही जग में कहानियाँ होंगी।

यह रणभूमि, यह घोर अँधेरा,
इसमें ही तू दीप जलाना,
जो खुद को रण में तपा न सके,
उसको क्या हक़ विजय का गाना?

वज्र बने तेरी हर इक सांस,
तेरी नस-नस में शोले बहें,
अग्निपथ पर जो बढ़े सदा,
उन्हें ही अमर गाथाएँ कहें।

चट्टानों से टकरा जो जाए,
समय के प्रवाह को मोड़ सके,
है वही असली योद्धा जग का,
जो विधि का लेखा भी तोड़ सके।

संघर्ष की नब्ज़ में आग भर,
हर प्रहार को तू अवसर बना,
जो मिटने को सहर्ष बढ़े,
संसार उसी को अमर माने।

वीरता तेरी तलवार बने,
धधकती हो जैसे ज्वाला,
संग्राम की हर इक चिंगारी,
बने विजय की मशाल आला।

तो मत डर, मत थक, मत झुक,
तू रण का साक्षी बन जाएगा,
तू संघर्ष की नब्ज़ पकड़ ले,
तभी इतिहास रच पाएगा!

अरविंद खुश होकर कहता है , आप लोग ऐसे ही हौसला दिलाते रहे तो लोकतंत्र के सिंहासन पर पड़ रही भ्रष्टाचार की छाया को एक दिन जरूर समाप्त किया जायगा ।

• 8 •

4

विशाल सिंह का दबदबा

विशाल सिंह, राज्य के सबसे पुराने और प्रभावशाली नेताओं में से एक था। उसका नाम किसी चुनावी हलफनामे से ज्यादा बड़ा था। उसकी पहुँच पुलिस, प्रशासन, और मीडिया तक थी। उसने राज्य के हर कोने में अपने प्रभाव का जाल फैला रखा था। किसी भी विपक्षी को उठने का मौका देना उसकी राजनीति का हिस्सा नहीं था।

अरविंद और विशाल के बीच की दूरी अब बढ़ती जा रही थी। अरविंद का ताजातरीन भाषण सुनकर विशाल सिंह को गहरी चिंता हो रही थी। यह एक संकेत था कि अरविंद अब उसकी सत्ता को चुनौती देने वाला था।

विशाल सिंह अपने कार्यालय में बैठा था, और सामने उसके दो विश्वासपात्र मंत्री, रवींद्र यादव और मोहनलाल खन्ना, खड़े थे।

"इस युवक को समझना पड़ेगा, कि वह हमें चुनौती देकर बहुत बड़ी गलती कर रहा है।" विशाल ने गुस्से में कहा।

"लेकिन उसकी लोकप्रियता लगातार बढ़ती जा रही है।" रवींद्र ने कहा। "लोग उसे नायक मान रहे हैं। अगर हम उसे दबाने की कोशिश करेंगे, तो यह और भी उल्टा पड़ सकता है।"

"हमारे पास ताकत है। हम मीडिया, पुलिस और अदालतों से खेल सकते हैं।" विशाल ने आत्मविश्वास से कहा। "अगर उसे रास्ते से हटाना

पड़े, तो हम उसे हटा देंगे।"

"हमारे पास हर तरीका है।" मोहनलाल ने गंभीरता से कहा।

विशाल सिंह का दिमाग किसी यांत्रिक उपकरण की तरह काम कर रहा था। वह अरविंद के खिलाफ हर चाल चलने के लिए तैयार था। लेकिन यह लड़ाई सिर्फ सत्ता की नहीं थी, यह सत्ता के रास्ते पर पड़ी हर असमानता और भ्रष्टाचार के खिलाफ थी।

5

विशाल सिंह की योजना

विशाल सिंह, जिसे अब अरविंद के उभरते सितारे से खतरा महसूस हो रहा था, ने अपनी राजनीति को और भी कुचले जाने वाले तरीकों से चलाने की योजना बनाई। उसने अपनी ज़िंदगी में कई बार कुटिल चालें चली थीं, और अब भी उसके पास अपने विरोधियों को नष्ट करने के कई तरीके थे।

विशाल सिंह ने दो खास रणनीतिकारों को अपने पक्ष में किया था: रवींद्र और मोहनलाल। रवींद्र अधिकतर पुलिस और जमीनी नेटवर्क का नियंत्रण रखता था, जबकि मोहनलाल मीडिया और जनसंपर्क में माहिर था।

"हम अब इनको कमजोर नहीं, तोड़ देंगे," विशाल ने गहरी हंसी के साथ कहा। "जो जो हमारे रास्ते में आएगा, उसे दबाना हमारी नीति है।"

उसे पता था कि अरविंद की बढ़ती हुई लोकप्रियता से अगर कुछ हुआ तो वो सड़कों तक आ सकता है। इसलिए, उसने एक और चाल चली — उसकी छवि को नकारात्मक रूप में पेश करने के लिए उसे भ्रष्टाचार से जोड़ने की कोशिश की।

6

जनता की आवाज़

अरविंद ने महसूस किया कि वह केवल एक अकेला व्यक्ति नहीं था जो इस संघर्ष में खड़ा था। उसके साथ सैकड़ों हजारों लोग थे, जो उसका समर्थन कर रहे थे। गाँव-गाँव, शहर-शहर, यह आवाज़ अब सुनाई देने लगी थी। एक नई उम्मीद और परिवर्तन की लौ जल उठी थी।

"यह बदलाव हम सभी का है," अरविंद ने अपनी एक सभा में कहा। "यह सिर्फ मेरे लिए नहीं, बल्कि हर उस व्यक्ति के लिए है जो असमानता, भ्रष्टाचार और अन्याय से पीड़ित है।"

यह बयान केवल एक भाषण नहीं था; यह एक शपथ था, जिसे अरविंद ने अपने अंदर और अपने समर्थकों के दिलों में बसा लिया था।

लेकिन संघर्ष अभी जारी था। उसे अपनी नीतियों को साबित करने के लिए और भी संघर्षों का सामना करना था।

जनता की आवाज़ और सत्ता परिवर्तन के लिए समर्थक कवि की कविता:-

जब जनता जाग उठे सड़कों पर,

जब कुर्सी डोले राजमहल में,

जब प्रश्न उठे हर चौपालों में,

तब सत्ता बदले हर एक पल में।

चुप थे अब तक, मगर अब नहीं,
सहते रहे, पर सहेंगे नहीं,
जो वादे थे झूठे, बहाने बने,
अब जनता के स्वर दबेंगे नहीं।

रोटी को मोहताज किसान है,
भूख से लड़ता इंसान है,
सत्ता की गलियों में पर्व मनें,
पर देश का हर कोना वीरान है।

अब वक़्त आ गया निर्णय का,
अब सत्ता की जड़ों को हिलाएँगे,
जो सो रहे थे सिंहासन पर,
उन्हें नींद से हम जगाएँगे।

जनता के सब्र का बाँध टूटा,
अब न चलेगा झूठा वादा,
सत्ता वही जो सेवा करे,
अब होगा जनता का इरादा।

हमने दिया उन्हें अधिकार,
हमने बनाया था सिरमौर,
अब छीन लेंगे उनका ताज,
अब जनता ही बनेगी सिरमौर।

सड़कों पर उठे जो हाथ,
अब बनेंगे क्रांति की लहर,
सत्ता नहीं जनता की जीत हो,
अब बने नया एक शहर।

हर आँगन में रोशनी होगी,
हर चेहरे पर मुस्कान रहे,
सच्चे सपनों की सरकार बने,
जहाँ हर कोई सम्मान रहे।

अब वादों का मायाजाल नहीं,
अब सच्चे कर्म की पहचान रहे,

जहाँ जनता की सुनवाई हो,
वही असली हिंदुस्तान रहे।
    जो सो रही है जनता आज,
उसे जागना होगा फिर से,
हमें लड़ना होगा, बढ़ना होगा,
सत्ता पलटनी होगी फिर से।
    सत्य का दीप जलाएँगे,
जनता की ताकत दिखाएँगे,
अब राज सिंहासन डोलेगा,
हम क्रांति का बिगुल बजायेंगे।

    इस कविता के साथ अरविंद द्वारा आयोजित दैनिक सभा समाप्त होती है ।

7

साजिश का पर्दाफाश

विशाल सिंह अब अपनी छवि को बचाने के लिए कुछ नया करने की योजना बना रहा था। उसने एक साजिश रची जिसमें अरविंद के खिलाफ झूठे आरोप लगाए गए। एक पुराने दोस्त, जो अरविंद के साथ काम करता था, उसे फंसा दिया गया। मीडिया में इसे लीक किया गया और एक बड़ी स्कैंडल की तरह पेश किया गया।

"अगर अरविंद को हम गिरा नहीं पाए, तो यह हमें नष्ट कर देगा," रवींद्र ने विशाल से कहा। "हमारे सारे प्लान ध्वस्त हो जाएंगे।"

परन्तु इस बार अरविंद ने अपनी बुद्धिमानी से उन आरोपों को नकार दिया। उसने आशिमा की मदद से उन तथ्यों को सामने लाया जो विशाल के खिलाफ सबूत के रूप में काम आए।

"यह केवल एक आरोप नहीं, यह एक साजिश थी," अरविंद ने अपने समर्थकों से कहा। "हमारे खिलाफ उठाया गया हर कदम हमें और मजबूत बनाएगा।"

और फिर मुस्कुराते हुए एक ग़ज़ल गाकर अपने आत्मविश्वाश का परिचय देता है :-

''साज़िशों के रंग सारे बेनक़ाब हो गए,
सत्ता में बैठे थे जो, लाजवाब हो गए।

चालें जो चली थीं अंधेरों में छुपकर,
उजाले की दस्तक से बर्बाद हो गए।
नक़ाबों के पीछे छुपे थे जो चेहरे,
आइनों में दिखते ही बेजान हो गए।
सियासत में शतरंज के मोहरे थे जितने,
सच की आंधी में सब नवाब हो गए।
गिराने की कोशिश में खुद गिर गए वो,
जो दूसरों के ख़िलाफ़ इताब हो गए।
अब हक़ की सदा गूंजती है फ़िज़ा में,
झूठ के महल सब सराब हो गए।"

अब जनता को समझ आने लगा था की भविष्य में स्थापित होने वाले नए साम्राज्य की नींव धीरे-धीरे तीव्र निर्माण के तरफ़ अग्रसर हो चुका है ।

8

निर्णायक संघर्ष

अब अरविंद के लिए समय आ चुका था कि वह विशाल सिंह के खिलाफ एक निर्णायक युद्ध लड़े। चुनावों की घोषणा हो चुकी थी, और यह चुनाव केवल एक चुनाव नहीं, बल्कि एक आंदोलन का रूप ले चुका था।

"हम इस चुनाव में सिर्फ एक पार्टी को नहीं, एक प्रणाली को बदलने के लिए खड़े हैं," अरविंद ने अपने अंतिम चुनावी भाषण में गज़ल के माध्यम से कहा।

''सत्ता में बैठे जो, हारे ही जाएंगे,
झूठे जो वादे थे, सारे ही जाएंगे।
  कुर्सी पे बैठे हो, लेकिन ये याद रखो,
दिन ये फ़रेबों के, टारे ही जाएंगे।
  बिकते थे जो कल तक, ज़मीरों के सौदागर,
सड़कों पे अब देखो, मारे ही जाएंगे।
  सच की वो इक लौ है, जलने दो जलने दो,
अंधेरे ये ज़ुल्मत के, हारे ही जाएंगे।
  जनता की ताक़त से, क्यूँ खेलते हो तुम,
तख़्तों से गद्दारी, प्यारे ही जाएंगे।
  ख़्वाबों में जो आए, वो हक़ भी मिलेगा,
ज़ंजीर के ये बोझ, उतारे ही जाएंगे।

सत्ता का मद छोड़े, गर हो सके तो तुम,
वरना तुम्हारे दिन, गिनते ही जाएंगे।"

चूंकि ये इस चुनाव का अंतिम भाषण था, तो समर्थक कवि कैसे चुप रह सकता था ? उसने भी काव्य गर्जन किया :-

सत्ता के मद में चूर हुए जो, उनको सच दिखलाना है,
धोखे, छल और झूठ के साए, सबको अब समझाना है।

बेशर्मी के महलों में बैठे, कानों में रुई लगाए हैं,
जनता की चीखें अनसुनी कर, सपनों के महल सजाए हैं।

पर अब रण का शंख बजा है, देखो बिजली कड़क रही,
जनता के क्रोध की आंधी से, सिंहासन तक हड़क रही।

वो समझे थे राज सदा का, लेकिन भूल गए इतिहास को,
अब जनता खुद तलवार बनी है, काट गिराएगी त्रास को।

वादों के झूठे महल बनाकर, सत्ता का सुख लूट रहे,
लेकिन अब दरबार गिरेगा, जनता के स्वर गूंज रहे।

जो सिंहासन को डोल न समझे, वो इतिहास उठा देखें,
हर इक छलिया का अंत यही, बस नाम जरा सा आ देखें।

अब रण होगा, अब न रुकेगा, झूठ मिटेगा, सच बोलेगा,
गद्दारों का ताज उछलेगा, सत्ता में जब भी विपक्ष हारेगा!

विशाल सिंह ने अपनी हर ताकत को झोंक दिया था, लेकिन अरविंद ने अपने सत्य और जनता के विश्वास से उसे हराया। चुनाव परिणाम ने यह साबित किया कि अगर जनता का समर्थन सच्चाई के साथ हो, तो कोई भी ताकत उसे हराने के लिए पर्याप्त नहीं होती।

९

सिंहासन की छाया

अरविंद के सत्ता में आने के बाद, एक नया युग शुरू हुआ। उसने भ्रष्टाचार को खत्म करने के लिए कड़े कदम उठाए, और राजनीति में सचाई और न्याय को प्राथमिकता दी।

लेकिन वह जानता था कि संघर्ष कभी खत्म नहीं होता। सत्ता की छाया हमेशा बनी रहती है। और जब भी कोई व्यक्ति सच के रास्ते पर चलता है, उसके सामने नए संघर्ष खड़े हो जाते हैं।

"यह शुरुआत है," अरविंद ने सोचा। "हमने सिंहासन की छाया को चुनौती दी है, लेकिन रास्ता लंबा है।"

अरविंदअपने लोगों को आत्मविश्वास दिलाते हुए पूरे जोश के साथ इन पंक्तियों को गाते हुए विकास के लिए और हारे हुए विपक्ष के गद्दारों की खातिरदारी के लिए अग्रसर करता है ।

"सत्ता के मद में चूर हुए जो, उनको सच दिखलाना है,
धोखे, छल और झूठ के साए, सबको अब समझाना है।
बेशर्मी के महलों में बैठे, कानों में रुई लगाए हैं,
जनता की चीखें अनसुनी कर, सपनों के महल सजाए हैं।
पर अब रण का शंख बजा है, देखो बिजली कड़क रही,
जनता के क्रोध की आंधी से, सिंहासन तक हड़क रही।

वो समझे थे राज सदा का, लेकिन भूल गए इतिहास को,
अब जनता खुद तलवार बनी, तो काट गिराई त्रास को।
वादों के झूठे महल बनाकर, सत्ता का सुख लूट रहे,
लेकिन अब दरबार गिरेगा, जनता के स्वर गूंज रहे।
जो सिंहासन खुद का समझे थे , वो इतिहास उठा देखें,
हर इक छलिया का अंत यही, बस नाम जरा-सा आ देखें।"

अरविंद के हुंकार से सम्पूर्ण हारे हुए विपक्ष मे डर का माहौल था ।

10

अंधेरी ताकतें

अरविंद की सरकार ने कई अहम सुधारों की दिशा में कदम बढ़ाए थे, लेकिन जैसे ही सत्ता पर बैठा वह देख रहा था कि हर कदम पर अंधेरी ताकतें, जो पहले सत्ता में थीं, उसे दबाने की कोशिश कर रही थीं। भ्रष्टाचार, दलाल, और पुलिस प्रशासन की गहरी जड़ें राज्य के तंत्र में फैली हुई थीं, जो नए बदलाव को स्वीकार नहीं कर पा रही थीं।

विशाल सिंह की हार के बाद वह सत्ताधारी वर्ग, जो अब तक सत्ता का स्वाद चखता रहा था, अब चुपके से अपने नेटवर्क को पुनः मजबूत करने में जुटा हुआ था। वह जानता था कि अगर उसने जल्द ही कोई कड़ा कदम नहीं उठाया तो यह नई सरकार भी उसी राह पर चल पड़ेगी।

"मैंने यह सच्चाई के नाम पर किया है, लेकिन अब मुझे उस सच्चाई को बचाने के लिए और भी अधिक सतर्क रहना होगा," अरविंद ने अकेले अपने दफ्तर में बैठे हुए सोचा। "सिर्फ भाषण और योजनाओं से काम नहीं चलेगा, मुझे अपने कदम हर समय मजबूत और सटीक रखने होंगे।"

11

तंत्र का खेल

अरविंद के साथ काम कर रहे कुछ पुराने साथियों ने अब धीरे-धीरे उसे चेतावनी देना शुरू कर दिया था कि बदलाव के लिए उसे सिस्टम के भीतर की खामियों को समझने की जरूरत है। राज्य के प्रशासन में घुसी हुई सत्ता और धन की ताकतें लगातार उसकी योजनाओं को कमजोर कर रही थीं।

"अरविंद, अगर तुम सचमुच बदलाव लाना चाहते हो तो आपको प्रशासन के भीतर के तंत्र को पूरी तरह से तोड़ने की जरूरत होगी," रघु ने एक बैठक में कहा। "हमारे पास जो भी शक्तियां हैं, उन सबका विरोध सिर्फ सड़कों तक नहीं, बल्कि सिस्टम के भीतर होना चाहिए।"

अरविंद ने उसकी बात मानी। वह समझ गया था कि अगर उसने उन पुराने तंत्रों को सटीक तरीके से नहीं तोड़ा तो वह बस एक और खोखली राजनीतिक ध्वजा बन जाएगा।

उसने प्रशासन के भीतर के भ्रष्ट अधिकारियों, नेताओं और दलालों की पहचान करना शुरू किया। इसके लिए उसने आशिमा की मदद ली, जो अब उसकी टीम का अहम हिस्सा बन चुकी थी।

12

विशाल सिंह की जालसाज़ी

विशाल सिंह ने अपने पुराने नेटवर्क को सक्रिय कर दिया था। उसका अगला कदम था, अरविंद को और उसकी सरकार को अस्थिर करना। उसने अपनी पुरानी ताकतों को फिर से सुसज्जित किया और उन पर दबाव डालकर कुछ ऐसा माहौल तैयार किया, जिसमें अरविंद की सरकार असफल दिखे।

विशाल ने एक नया खेल शुरू किया :अफवाह और झूठे आरोपों का जाल। उसे यह मालूम था कि मीडिया उसकी तरफ है और वह आसानी से उन अफवाहों को जनता तक पहुँचा सकता था।

"अगर मैं अरविंद की छवि को घृणा से जोड़ दूं, तो जनता का विश्वास कमजोर होगा," विशाल सिंह ने अपने मंत्री मोहनलाल से कहा। "हमने उसे हराया, लेकिन अब उसे मानसिक रूप से तोड़ना है।"

विशाल की यह रणनीति काफी प्रभावी हो रही थी। जनता के बीच अफवाहें फैलने लगीं, और अरविंद की ईमेज पर सवाल उठने लगे। हालाँकि, अरविंद ने इस बार मीडिया के सामने खड़े होकर जवाब दिया और अपने समर्थकों से यह कहा कि कोई भी सच्चाई को झूठ से दबा नहीं सकता।

"जो लोग हमारी नीयत को गलत साबित करने की कोशिश कर रहे हैं, वह खुद अपने झूठ के जाल में फंसने वाले हैं," अरविंद ने एक सभा में कहा। "हमें अपने रास्ते से नहीं भटकना है।"

13

टूटते रिश्ते

अरविंद की सफलता ने उसके कुछ पुराने सहयोगियों को भी असहज कर दिया था। कई राजनेताओं और साथियों का मानना था कि अब अरविंद का आत्मविश्वास और ताकत उन्हें अपार नियंत्रण की ओर ले जा रहा था। वे उसकी बढ़ती हुई शक्ति को खतरे के रूप में देख रहे थे।

"तुम अब पुरानी राजनीति से बाहर निकल आए हो, लेकिन इसका मतलब यह नहीं कि तुम अकेले सब कुछ कर सकते हो," रघु ने एक दिन गुस्से में आकर कहा। "तुमने हमसे सलाह नहीं ली, और अब तुम अपने आप में विश्वास करने लगे हो। यह खतरनाक हो सकता है।"

अरविंद के सामने यह स्थिति पहली बार आई थी, जहां उसे अपनी व्यक्तिगत राजनीति और टीम के भीतर के रिश्तों के बीच संतुलन बनाना था। उसे यह समझने में समय लगा कि कभी-कभी सच्चाई और नीति के नाम पर भी उन रिश्तों को नुकसान पहुँच सकता है, जिन पर आप सबसे ज्यादा भरोसा करते हैं।

"रघु, अगर मुझे आगे बढ़ना है तो मुझे अपने रास्ते पर अकेला भी चलना होगा। लेकिन मैं यह नहीं चाहता कि हमारे बीच कुछ भी टूटे," अरविंद ने गहरी साँस ली। "मैं चाहता हूँ कि हम सब साथ चलें, लेकिन अगर हमें रास्ता बदलना पड़ा, तो हमें यही करना होगा। एक ग़ज़ल तो तुमने सुन ही होगा :-

''सियासत के सफ़र में जो हमारे साथ चलते थे,
वही अब मोड़ पर आकर नज़र अंदाज़ करते थे।
कभी थे दोस्त, जिनके साथ क़समों की रवायत थी,
मगर मसनद मिली तो वो भी सब अल्फ़ाज़ करते थे।
हमें ख़ुद्दार रहना था, सो अपने फ़ैसले रखे,
मगर जो बेवफ़ा थे, हम पे इल्ज़ाम धरते थे।
जहाँ में नाम जिनका था अमानत की मिसालों में,
सियासत के तअल्लुक़ में वही सौदा भी करते थे।
मुक़द्दर में लिखा था दर्द, तो हँस कर हम निभा आए,
मगर जो दिल के क़रीब थे, वो ज़ख़्म और भरते थे।''

और रघु , तुम तो मेरे भाई जैसे हो नाराज़गी तुम्हें शोभा नहीं देती ।

14

युद्ध की तैयारी

अब, अरविंद जान चुका था कि उसके खिलाफ सिर्फ राजनीतिक प्रतिद्वंद्वियों का संघर्ष नहीं था, बल्कि यह एक युद्ध था। एक युद्ध जो न केवल सत्ता के लिए था, बल्कि सिद्धांत और मूल्यों के लिए था।

वह अपनी पूरी टीम को एकजुट करके एक नयी रणनीति तैयार करने में लगा था, जिसमें सरकारी तंत्र के भीतर सुधार, पुलिस व्यवस्था में बदलाव और भ्रष्टाचार के खिलाफ कड़े कदम शामिल थे। उसने एक जन आंदोलन की योजना बनाई, जिसमें लाखों लोगों को सड़कों पर उतारने का विचार था।

"यह सिर्फ एक चुनावी युद्ध नहीं होगा," अरविंद ने अपने साथियों से कहा। "यह हमारे सिद्धांतों और जनता की आवाज का युद्ध होगा। और इस युद्ध में कोई भी हमारा साथ देने से पीछे नहीं हटेगा।"

15

चुनावी मुकाबला और परिणाम

अरविंद का आंदोलन अब चरम पर था। उसने पूरी ताकत से जनता को संगठित किया और विशाल सिंह की सत्ता को खात्मे की ओर अग्रसर किया था। यह संघर्ष सिर्फ एक राजनीतिक शक्ति का नहीं था, बल्कि यह सत्य, न्याय और असमानता के खिलाफ था।

जैसे ही चुनाव का दिन आया, अरविंद और विशाल के बीच की लड़ाई ने समूचे राज्य को हिला दिया। लोग, मीडिया, और प्रशासन सभी इस संघर्ष की परिणति के इंतजार में थे।

"आज हम एक नई राजनीति का जन्म देखेंगे," अरविंद ने अंतिम भाषण में कहा। "हम जो शुरुआत करेंगे, वह हर उस सत्ता को चुनौती देगा जो भ्रष्टाचार के लिए खड़ी है।"

जैसे ही चुनाव परिणाम घोषित हुए, यह साफ़ हो गया कि अरविंद की राह की कठिनाइयों के बावजूद, उसकी सरकार ने जीत हासिल की। विशाल सिंह का साम्राज्य ढह चुका था। अब एक नई सरकार का आगाज़ हो चुका था, जहां जनता की आवाज, सत्य और न्याय की प्रमुखता थी।

अरविंद ने सत्ता संभालने के बाद यह सुनिश्चित किया कि वह हर कदम सही दिशा में उठाए। उसने अपनी नीतियों को लागू करने के साथ-साथ भ्रष्टाचार पर कड़ी कार्रवाई की। लेकिन वह जानता था कि

राजनीति में हर दिन एक नया संघर्ष होता है, और उसे अपने सिद्धांतों को बनाए रखना ही असली जीत होगी।

"हमने सिंहासन की छाया को चुनौती दी," अरविंद ने सोचते हुए कहा। "लेकिन अब हमें भविष्य के लिए एक सशक्त, न्यायपूर्ण और समान राज्य की ओर कदम बढ़ाने होंगे।"

16

सत्ता के दबाव में

अब जब अरविंद सत्ता में था, उसे कई नई चुनौतियाँ सामने आ रही थीं। सरकार चलाना किसी आंदोलन की तरह आसान नहीं था। उन सब विरोधियों और पुराने तंत्रों के खिलाफ अभियान चलाना, जिनकी जड़ें बहुत गहरी थीं, उतना ही कठिन था जितना उसने सोचा था।

राज्य के प्रशासन में कई भ्रष्ट अधिकारी थे जो अब भी अपने पुराने तरीकों से काम कर रहे थे। अरविंद को यह समझ में आ गया कि इस व्यवस्था को बदलने के लिए सिर्फ कानून और नीति नहीं, बल्कि एक गहरी सोच और रणनीति की आवश्यकता थी।

"हर बदलाव की शुरुआत छोटे-छोटे कदमों से होती है," अरविंद ने अपने मंत्रिमंडल की बैठक में कहा। "हमारे पास वक्त बहुत कम है, लेकिन जनता ने जो हमें जिम्मेदारी दी है, उसे हमें निभाना होगा।"

वह जानता था कि हर दिन, हर कदम के साथ वह खुद पर और अपनी सरकार पर दबाव बढ़ाता जा रहा था। उसे ना सिर्फ विशाल सिंह की साजिशों से बचना था, बल्कि अपने प्रशासन के भीतर के उन भ्रष्ट तंत्रों को भी खत्म करना था, जो सत्ता के गलियारों में छिपे हुए थे।

17

विश्वासघात और धोखा

अरविंद का सामना तब हुआ जब उसके अपने कुछ करीबी सहयोगियों ने उसके खिलाफ साजिशें शुरू कर दीं। सत्ता में आने के बाद, कुछ पुराने मित्रों को लगा कि अरविंद का तेजी से बढ़ता हुआ प्रभाव उनके लिए खतरे की घंटी बन सकता है। वे अपनी सत्ता और शक्ति को बनाए रखने के लिए कई चालें चलने लगे।

रघु, जो पहले अरविंद का सबसे विश्वसनीय सहयोगी था, अचानक उसे नजरअंदाज करने लगा। इसने अरविंद को एक गहरे संकट में डाल दिया।

"तुम क्या कर रहे हो, रघु?" अरविंद ने एक दिन गुस्से में कहा। "तुम मेरा साथ छोड़ क्यों रहे हो?"

रघु ने सिर झुकाए बिना कहा, "तुम्हारे रास्ते अब अलग हो गए हैं, अरविंद। तुम्हारी राजनीति अब बहुत कठोर हो गई है। तुम जो सोचते हो, वह अब पहले जैसा नहीं है।"

अरविंद को यह सुनकर गहरा धक्का लगा। वह जानता था कि सत्ता के भीतर विश्वासघात बहुत आम होता है, लेकिन फिर भी यह बुरी तरह उसे चोट पहुंचा रहा था।

"यह वही रास्ता है, जिस पर हम चलने का वादा कर चुके हैं। क्या तुम अब भी नहीं समझ रहे हो?" अरविंद ने आखिरी बार रघु से कहा, लेकिन वह समझ नहीं पाया।

थोड़ी देर बाद आशिमा आती है और कहती है क्या हुआ ?

अरविंद कहता है -

''वादा था रोशनी का, अंधेरा बिक गया,
जो हक़ का था, वो भी इशारों में लुट गया।
जिन हाथों में कल तक मशालें जली थीं,
वही अब सियासत के धागों में बुन गया।
चुनाव से पहले जो साथी बने थे,
सत्ता की चकाचौंध में खो से गए थे।
गले मिल के जिनसे क़सम खाई हमने,
वही पीठ पीछे ये ख़ंजर जड़े थे।
जनता के सपनों का सौदा हुआ है,
हर मोड़ पर फिर इक धोखा हुआ है।
भरोसे की धरती पे खाई बनाकर,
सियासत में कितना तमाशा हुआ है।
लेकिन ये सत्ता भी स्थाई नहीं है,
धोखे की बुनियाद गहराई नहीं है।
वक़्त जब भी हिसाब लेगा कभी,
हर झूठ की उम्र बड़ी पाई नहीं है।''

आशिमा कहती है आप धैर्य रखिए हम आपके साथ अंत तक खड़े रहेंगे ।

18

मीडिया और जनसमर्थन

इस बीच, मीडिया के दबाव से भी अरविंद की सरकार संघर्ष कर रही थी। विशाल सिंह के पुराने सहयोगियों ने मीडिया को अपने पक्ष में किया था, और हर दिन अरविंद के खिलाफ नई खबरें उड़ने लगीं। हालांकि, अरविंद को मीडिया के इस खेल से अच्छी तरह अवगत था।

आशिमा, जो अब उसके सबसे बड़े समर्थकों में से एक बन चुकी थी, ने यह तय किया कि उन्हें मीडिया के खेल को अपनी ओर मोड़ने की जरूरत है। आशिमा ने कई महत्वपूर्ण रिपोर्ट तैयार कीं, जो जनता के बीच अरविंद के प्रयासों को सही तरीके से पेश करती थीं।

"हमें उन्हें दिखाना होगा कि हम सिर्फ सत्ता के लिए नहीं, बल्कि असल परिवर्तन के लिए लड़ रहे हैं," आशिमा ने एक साक्षात्कार के दौरान कहा। "तुम्हारी सरकार में जो भी बदलाव हो रहे हैं, वह कोई साधारण घटना नहीं हैं।"

अरविंद को आशिमा की बातों ने उम्मीद दी, और उसने मीडिया से जुड़ी अपनी रणनीति पर काम करना शुरू किया। उसने जनसभाओं का आयोजन किया, जिसमें जनता से सीधे संवाद किया गया, ताकि उन तक सही जानकारी पहुंचे।

19

सड़कों पर उथल-पुथल

अरविंद के द्वारा उठाए गए सुधारों ने कुछ वर्गों में असंतोष पैदा कर दिया था। खासकर वे लोग, जिन्होंने सत्ता के दौरान व्यक्तिगत लाभ कमाए थे, अब बुरी तरह से घबराए हुए थे।

एक दिन, सड़कों पर प्रदर्शन बढ़ने लगे। छोटे व्यापारियों और कुछ उद्योगपतियों ने सरकार के खिलाफ आंदोलन शुरू कर दिया, यह आरोप लगाते हुए कि अरविंद की नीतियाँ उनके व्यापार को नुकसान पहुँचा रही हैं।

"हमारे पास कोई विकल्प नहीं है, या तो यह सरकार हमारे अस्तित्व को खत्म कर देगी, या हम इस बदलाव के खिलाफ खड़े हो जाएंगे," एक प्रमुख व्यापारी ने सार्वजनिक रूप से कहा।

अरविंद को यह समझने में देर नहीं लगी कि यह केवल विरोध नहीं था, बल्कि यह उन शक्तियों का कृत्य था जो अपने लाभ को बचाने के लिए संघर्ष कर रहे थे। इस विरोध को शांत करना आसान नहीं था, क्योंकि इसमें वे लोग शामिल थे जिनके पास पब्लिक सपोर्ट था।

"हमें इन विरोधों का सामना करना होगा, लेकिन हमें यह दिखाना होगा कि हम जो कर रहे हैं वह जनता के भले के लिए है," अरविंद ने अपने मंत्रिमंडल से कहा।

''चलें हैं सच की राहों पर, तो काँटे भी मिलेंगे,
हर एक क़दम पे हम, इम्तिहाँ से मिलेंगे।
     हवा के रुख़ बदलने से, न हौसला बदलता,
अंधेरे रास्तों में भी, दीया जलते मिलेंगे।
     विरोध की लपट में जो, ख़ुद को बचा न पाए,
वो लोग भी किसी दिन, राख बनते मिलेंगे।
     हमें गिराने वाले भी, सबक़ सीख ही लेंगे,
जो गिर के उठ सके हैं, वो मज़बूत ही मिलेंगे।
     कभी नफ़रत की आंधी, तो कभी इल्ज़ामों के साए,
मगर हम साज़िशों के दौर में भी सच पे चलेंगे।
     हमारी हिम्मतों को तोड़ने की आरज़ू में,
जो बैठे थे घात में, वो ख़ुद ही ढलेंगे।
     सफ़र की मुश्किलों से ही, मुक़ाम मिलता है,
जो सह सके ये आँधियाँ, वही सूरज से मिलेंगे।''

20

झूठ के ख़िलाफ़ सच्चाई की लड़ाई

अरविंद को यह महसूस हुआ कि उसकी सरकार को उस स्तर के हमलों का सामना करना पड़ा था, जिनकी उसने कभी कल्पना नहीं की थी। मीडिया और विरोधियों ने उसे भ्रष्टाचार के आरोपों में घेरने की कोशिश की, और अफवाहें फैला दीं कि वह सत्ता में आने के बाद वही गलती करने वाला है जो पहले नेताओं ने की थी।

यह समय था जब अरविंद को अपने सिद्धांतों को साबित करने का मौका मिला। उसने अपनी सरकार के हर कदम को पारदर्शी बनाने की योजना बनाई और किसी भी प्रकार के भ्रष्टाचार के खिलाफ कड़ी कार्रवाई करने की घोषणा की।

"सच्चाई हमारे साथ है," अरविंद ने एक सार्वजनिक भाषण में कहा। "हम कोई गलत कदम नहीं उठाएंगे, और इस सत्ता को कभी भी निजी लाभ के लिए इस्तेमाल नहीं करेंगे।"

"झूठ के हर नक़ाब को उतारा जाएगा,
सच के दीयों को फिर से संवारा जाएगा।
जो कुचलना चाहेंगी जुल्म की आँधियाँ,
हौसले से हर तूफ़ान गुज़ारा जाएगा।

साज़िशों के साए हों या छल का अँधेरा,
हर छलावे को रोशन सितारा जाएगा।
    हमने देखा है सच को सलीबों पे झूलते,
अब हर ज़ालिम को जवाब हमारा जाएगा।
    ख़ुद को बेचकर जो बने हैं हाकिम यहाँ,
उनकी कुर्सी से भी नूर उतारा जाएगा।
    अब फ़रिश्ते नहीं, हम ही लड़ने को आएंगे,
अब हर क़दम पे इतिहास दोबारा जाएगा।
    सत्य की मशालों से जलेंगे महल सारे,
हर गद्दार के सपने को कुचला जाएगा।
    गुलामी की ज़ंजीरें अब टूटेंगी यारो,
हर इंसाफ़ का दीपक उजाला जाएगा।
    अब हर इंक़लाब की गूँज होगी बुलंद,
अब हर जुल्म से हक़ को उबारा जाएगा।''

उसने अपने अधिकारियों को निर्देश दिए कि वे पारदर्शिता
सुनिश्चित करें और जनता को हर फैसले से अवगत कराएं।

21

बदलते समीकरण

चुनाव के बाद जब अरविंद ने सुधारों की प्रक्रिया को तेज़ किया, तो उसने धीरे-धीरे राज्य की राजनीति में एक नई हवा पैदा की। लोग अब सत्ता से नाराज नहीं थे, बल्कि वे देख रहे थे कि उनकी सरकार में बदलाव हो रहा था।

राज्य में सुधारों का असर अब धीरे-धीरे दिखने लगा था। भ्रष्टाचार, जो कई वर्षों से राज्य के तंत्र में फैला हुआ था, अब कमजोर होने लगा था। राज्य की पुलिस और न्याय व्यवस्था में सुधार हुआ। अब नागरिकों को न्याय मिलने में पहले से कहीं अधिक समय नहीं लगता था।

"यह बदलाव एक युद्ध की तरह था, लेकिन हम जीत गए," अरविंद ने अपने मंत्रियों से कहा। "यह हमारी शुरुआत है, और हम इसी रास्ते पर चलते हुए देश को दिखाएंगे कि सच्चाई और संघर्ष से कोई भी सत्ता कभी भी अपनी जगह खो सकती है।"

''सच की राह में काँटे बिछाए गए,
मगर हौसले फिर भी बुलंद आए गए।
अंधेरों ने चाहा बुझा दें दीये,
मगर हम चिरागों से जल पाए गए।
हर मोड़ पर था इक धोखे का जाल,
मगर हम तो सच्चाई अपनाए गए।

वो बाज़ीगरी में माहिर थे यूँ ही,
हम सादगी में भी छल पाए गए।
	सफ़र में थे मुश्किल के तूफ़ान भी,
मगर सत्य के दीपक ही थामे गए।
	जो सच के लिए जंग लड़ते रहे,
वही वक़्त के नाम लिख पाए गए।
	गुलामी के साए में जीने लगे थे,
मगर सत्य के सूरज चमकाए गए।
	सियासत के चक्रव्यूह में घिर गए,
मगर हम अमन की तरफ आए गए।
	हर इक मोड़ पर थे सवालों के बाण,
मगर सत्य के शब्दों से काटे गए।
	जो सच बोलने की क़सम खा चुके,
उन्हीं के इरादे अमर पाए गए।"

22

सिंहासनहावी शक्तियों के अंत की शुरुआत

अरविंद को अब यह समझ में आ चुका था कि राजनीति एक निरंतर युद्ध है, जहां हर दिन नई चुनौतियाँ आती हैं। वह जानता था कि यह केवल शुरुआत थी। उसके लिए सत्ता का असली अर्थ था, लोगों की सेवा करना, न कि खुद के लिए किसी ताज की प्राप्ति।

"हमने सिर्फ सिंहासन की छाया को चुनौती दी थी," अरविंद ने एक दिन सोचा। "अब हमें उस छाया को पूरी तरह से मिटा देना है, ताकि आने वाली पीढ़ियाँ इसे कभी न देख सकें।"

अरविंद का समर्थक कवि काव्य गर्जन करता है :-

जो जनता से ऊपर उठ बैठे,
जो खुद को भाग्यविधाता मानें।
उनके सिंहासन अब गिरेंगे,
जनक्रांति के स्वर गूंजेंगे!

अब लोकतंत्र की रक्षा को,
हर भारतवासी जागेगा।
अब न कोई सत्ता मद में चूर,
न कोई हक से भागेगा।

हम न झुकेंगे, न बिकेंगे,
न ही प्रलोभन से डरेंगे।
संविधान की जयगाथा में,
अपने प्राण अर्पण करेंगे।

यह तंत्र हमारा अपना है,
यह शक्ति हमारी पहचान।
जो इसको डिगाने आएगा,
उसको देंगे हम बलिदान।

हक की आवाज़ दबाने वालों,
अब जनता खुद न्याय करेगी।
न अन्याय चलेगा इस धरती पर,
अब नई रोशनी बहेगी।

सिंहासन डोलेगा, हिलेगी सत्ता,
जब जनता जाग उठेगी।
अब हर हाथ में मशाल जलेगी,
अब हर ज़ुबां से क्रांति निकलेगी।

यह लोकतंत्र हमारा है,
कोई इसे छीन नहीं सकता।
जनता जब रण में उतरती है,
कोई भी उसे झुका नहीं सकता।

अब चुनाव की रणभेरी बजेगी,
अब घोटालों पर प्रहार होगा।
अब नहीं बिकेगा ईमान यहाँ,
अब न्याय का श्रृंगार होगा।

अब देश बनेगा जनता का,
अब न्याय सर्वोपरि होगा।

अब कोई भी भ्रष्टाचार नहीं,
अब लोकहित का सब कार्य होगा।
    अब कोई भूखा सोए नहीं,
अब कोई किसान न रोएगा।
अब संसद में होगी जनता की बात,
अब कोई दबाया न जाएगा।
    यह लोकतंत्र की हुंकार है,
अब विजय सत्य की होगी।
अन्याय मिटेगा इस धरती से,
अब जनता की जय होगी।

    यह उसके संघर्ष की शुरुआत थी, और वह पूरी तरह से तैयार था, हर झूठ और भ्रष्टाचार से लड़ने के लिए।

23

लोकसभा चुनाव की तैयारी

अरविंद की सरकार अब धीरे-धीरे अपनी नींव मजबूत कर रही थी। लेकिन सत्ता के इस संघर्ष में अब एक और बड़ी चुनौती सामने थी—लोकसभा चुनाव। चुनाव अब एक निर्णायक मोड़ बन गए थे, जहाँ अरविंद को अपनी नीतियों और सिद्धांतों को जनता के सामने सिद्ध करना था।

"यह सिर्फ राज्य की राजनीति का सवाल नहीं है," अरविंद ने एक बैठक में अपने मंत्रियों से कहा। "यह पूरे देश के भविष्य का सवाल है। हम जो बदलाव यहाँ कर रहे हैं, उसे पूरे देश तक पहुंचाना है।"

अरविंद का संदेश अब केवल राज्य तक सीमित नहीं था, बल्कि वह पूरे देश में एक बदलाव की आवश्यकता को महसूस कर रहा था। उसकी सरकार में जो बदलाव हो रहे थे, उन्हें राष्ट्रीय स्तर पर भी फैलाने के लिए वह लोकसभा चुनावों की तैयारी में जुट गया।

इस दिशा में उसकी सबसे बड़ी मदद मिली आशिमा से, जो मीडिया और जनता के बीच एक मजबूत कड़ी बन चुकी थी। आशिमा ने सशक्त तरीके से मीडिया में अरविंद के कामों की उपलब्धियों को प्रमुखता दी, और यह सुनिश्चित किया कि जनता को सही जानकारी मिले।

"अगर हम लोकसभा चुनाव जीतना चाहते हैं, तो हमें सिर्फ सत्ता पर काबिज होने के लिए नहीं, बल्कि जनता के बीच विश्वास और भरोसा जीतने के लिए लड़ना होगा," आशिमा ने एक बैठक में कहा। "हमें दिखाना होगा कि हम सच्चे नेता हैं, जो वास्तव में बदलाव लाना चाहते हैं।"

सत्ता का नशा अब उतरना चाहिए,
हर दिल में नया रंग भरना चाहिए।
जो जनता के हक़ पर है कुंडली जमा,
उसे अब ज़मीनों पे गिरना चाहिए।

वो वादों में सोने के महल बेचते,
मगर हक़ की बातों से डरते रहे।
जो हक़दार थे, वो भटकते रहे,
जो बेईमान थे, तख़्त पर चढ़ते रहे।

सियासत में ईमान ज़िंदा रहे,
जो नेता बने, वो परिंदा रहे।
जो उड़कर ही जनता से दूर हो जाए,
वो सत्ता के लायक नहीं रह सके।

अब सड़कों पे सच की सवारी चले,
हर आँगन में रौशनी प्यारी चले।
अब नेता वो होगा जो क़ाबिल बने,
जो हर दुख की राहत खुदारी चले।

न वो बात हो जो हवा में बहे,
न वो जुमले हों जो कल खो जाएं।
नेता वही जो वफ़ा सीख ले,

जो जनता की राहों में दीप जलाए।

यहाँ अब सियासत को साफ़ चाहिए,
जो ईमान रखे, वो इन्साफ़ चाहिए।
अगर राज करना है दिल पे तो फिर,
तेरी सोच में भी लोकतंत्र चाहिए!

इस हुंकार के साथ आशिमा ने चुनावी तैयारी का कदम और ताज किया।

24

चुनावी युद्ध

लोकसभा चुनाव की तारीख पास आते ही राजनीतिक माहौल गरमाने लगा। विशाल सिंह और उसके समर्थक, जो अब भी विभिन्न राज्यों में ताकतवर थे, ने अपनी पूरी ताकत लगा दी थी। उनका सबसे बड़ा हथियार था—भ्रष्टाचार का मुद्दा।

"अरविंद ने क्या किया? उसने जनता को धोखा दिया," विशाल सिंह के समर्थक मीडिया में इसे फैलाने लगे। "वह एक अच्छे नेता नहीं, बल्कि एक और ढोंगी है, जो सिर्फ राजनीति के नाम पर जनता से झूठ बोल रहा है।"

अरविंद के लिए यह समय अपने सिद्धांतों और जनता के समर्थन को सही साबित करने का था। वह जानता था कि विशाल सिंह की तरह नेताओं का खेल केवल आरोप और झूठ के आधार पर चलता है, लेकिन उसे सच्चाई के रास्ते पर चलना था।

इस दौरान, उसकी टीम ने चुनावी रैलियाँ आयोजित कीं, जहां अरविंद ने जनता से सीधे संवाद किया। उन्होंने अपने पिछले कार्यकाल की उपलब्धियों को गिनाया, और साथ ही यह बताया कि वह आने वाले समय में क्या बदलाव लाएंगे।

"हमने जो किया, वह सिर्फ राज्य के लिए नहीं, बल्कि हर एक नागरिक के लिए किया," अरविंद ने एक रैली में कहा। "हमने भ्रष्टाचार को खत्म किया, हमने न्याय की प्रणाली को मजबूत किया, और अब हम

देश में बदलाव लाने के लिए तैयार हैं।"

25

एक नई उम्मीद

लोकसभा चुनाव में जैसे-जैसे समय बढ़ रहा था, अरविंद की लोकप्रियता और विश्वास का ग्राफ लगातार बढ़ता जा रहा था। जनता उसे एक ऐसे नेता के रूप में देख रही थी, जो उनके हितों की रक्षा करने के लिए तैयार था। जबकि विशाल सिंह और उसके साथी हर स्तर पर उसका विरोध कर रहे थे, जनता का समर्थन अरविंद के पक्ष में साफ़ तौर पर दिखने लगा।

एक दिन, चुनावी रैली के बाद, अरविंद ने अपनी टीम से कहा, "यह हमारी अंतिम लड़ाई नहीं है, बल्कि यह शुरुआत है। हमारी जीत हमें और जिम्मेदारी देती है।"

अब उसे यह महसूस हो रहा था कि सत्ता में आने के बाद उसका असली काम शुरू होगा। राज्य के भीतर के बदलावों के साथ-साथ राष्ट्रीय स्तर पर भी भ्रष्टाचार और असमानता के खिलाफ उसे कड़ी रणनीतियों पर काम करना था।

"अगर हमें यह बदलाव लाना है, तो हमें हर मोर्चे पर लड़ाई लानी होगी," अरविंद ने अपने सहयोगियों से कहा। "यह सिर्फ सत्ता का संघर्ष नहीं है, बल्कि यह राष्ट्र निर्माण का संघर्ष है।"

26

चुनावी परिणाम

चुनाव का दिन आया। देशभर में लोग अपने-अपने मतदान केंद्रों पर गए, और रातभर की कड़ी मेहनत के बाद चुनाव परिणाम घोषित हुए। अरविंद की पार्टी ने शानदार जीत हासिल की थी। विशाल सिंह और उसके समर्थक जहां ध्वस्त हो चुके थे, वहीं अरविंद की पार्टी ने राष्ट्रीय स्तर पर अपनी मजबूत पकड़ बना ली थी।

"हमने यह लड़ाई जीत ली," अरविंद ने चुनावी नतीजों के बाद घोषणा की। "लेकिन यह जीत सिर्फ हमारे लिए नहीं, बल्कि हर उस व्यक्ति के लिए है जो सच, न्याय और समानता के पक्ष में खड़ा था।"

इस परिणाम ने न केवल अरविंद को सत्ता दी, बल्कि उसकी नीतियों और संघर्ष को राष्ट्रीय स्तर पर मान्यता भी दिलाई। अब उसका लक्ष्य था—उस विश्वास को साकार करना जो लाखों लोगों ने उसमें और उसकी पार्टी में दिखाया था।

27

सत्ता के सच

अरविंद ने अब खुद को और अपनी पार्टी को एक नई जिम्मेदारी के तहत तैयार किया था। सत्ता में आने के बाद उसे यह समझ में आ गया था कि सिर्फ कड़े फैसले और योजनाएँ लागू करने से काम नहीं चलता। राजनीति में सच्चाई, पारदर्शिता और जिम्मेदारी की आवश्यकता थी।

"हमने यह सत्ता प्राप्त की है, लेकिन यह सिर्फ सत्ता का खेल नहीं है," अरविंद ने अपने मंत्रिमंडल की बैठक में कहा। "यह एक विश्वास का मामला है। अगर हम सच्चाई के साथ चलेंगे, तो लोग हमें हमेशा अपना नेता मानेंगे।"

वह जानता था कि सत्ता में आने के बाद उसे सबसे बड़ी चुनौती उन नीतियों को साकार करना था, जिनका उसने चुनावी भाषणों में वादा किया था। भ्रष्टाचार को खत्म करना, न्याय व्यवस्था को सशक्त बनाना, और विकास की सच्ची प्रक्रिया को बढ़ावा देना उसके प्रमुख लक्ष्यों में शामिल थे।

28

शुरुआत की सच्चाई

अरविंद के लिए यह कोई अंत नहीं था। उसने सत्ता में आने के बाद देखा कि बदलाव एक लंबी प्रक्रिया थी। उसमें तात्कालिक सफलता और असफलताओं के साथ, एक स्थायी सुधार के लिए निरंतर संघर्ष करने की आवश्यकता थी।

"हमने सिंहासन की छाया को चुनौती दी थी," अरविंद ने सोचा। "अब हमें यह सुनिश्चित करना है कि भविष्य में कोई भी नेता सत्ता के नाम पर इस छाया का पालन न करे। हम केवल एक नीति नहीं, बल्कि एक मिशन के रूप में काम करेंगे।"

अरविंद ने यह समझ लिया था कि हर सत्ता का अंत नहीं होता, लेकिन उसका उद्देश्य और दिशा तय होती है। राजनीति की सच्चाई यह थी कि उसका सबसे बड़ा संघर्ष उस सच्चाई के लिए था, जो उसने जनता से वादा किया था। और इस यात्रा में उसे सिर्फ सिंहासन की छाया को हटाना नहीं था, बल्कि एक नई राजनीतिक परिपाटी स्थापित करनी थी, जो सच्चाई, पारदर्शिता और सेवा पर आधारित हो।

"यह शुरुआत है," उसने मन ही मन कहा। "सच्चाई की शुरुआत।"

29

सत्तारूढ़ होने के बाद

अरविंद के लिए सत्ता में आने का मतलब था केवल राजनीतिक जीत नहीं, बल्कि वह एक बड़ी जिम्मेदारी थी—उन वादों को साकार करने की जिम्मेदारी, जो उसने जनता से किए थे। सत्ता पाने के बाद, उसने सबसे पहले अपने मंत्रिमंडल के साथ मिलकर उन क्षेत्रों पर ध्यान केंद्रित किया, जहां सुधार की सबसे अधिक आवश्यकता थी: शिक्षा, स्वास्थ्य, न्याय व्यवस्था और भ्रष्टाचार के खिलाफ कड़ी कार्रवाई।

"हमारा काम अब सिर्फ सत्ता में बने रहने का नहीं है," अरविंद ने अपने मंत्रियों से कहा। "हमें सच्चे लोकतंत्र की दिशा में काम करना है, जहां हर व्यक्ति को न्याय मिले, हर नागरिक को उसके अधिकार मिलें।"

अरविंद की सरकार ने सबसे पहले पारदर्शिता सुनिश्चित करने के लिए एक मजबूत लोकपाल प्रणाली लागू की, ताकि सरकारी अधिकारियों के भ्रष्टाचार को आसानी से पकड़ा जा सके। इसके साथ ही, उन्होंने राज्य के अस्पतालों और स्कूलों की स्थिति सुधारने के लिए विशेष योजनाओं की घोषणा की।

हालाँकि, यह सब एक संघर्ष था। पुराने तंत्र से जुड़े कई लोग अब भी बदलावों के खिलाफ खड़े थे, और उनकी नफरत को अरविंद बखूबी महसूस कर रहा था।

30

विपक्ष और अंदरूनी विरोध

विपक्ष में बैठे नेताओं ने भी अरविंद की सरकार को हर स्तर पर चुनौती देना शुरू कर दिया था। जहां एक ओर विशाल सिंह और उसके समर्थक उसे भ्रष्टाचार के खिलाफ खोखले वादे करने का आरोप लगा रहे थे, वहीं दूसरी ओर कुछ पूर्व सहयोगी और राजनीतिक दल भी उसकी नीतियों के खिलाफ बोलने लगे थे।

"वह हमारी नीतियों को कमजोर करने की कोशिश कर रहा है। हम किसी कीमत पर उसे सफल नहीं होने देंगे," विशाल सिंह ने अपने पार्टी कार्यकर्ताओं से कहा। "अगर वह हमें नहीं हरा सकता, तो हम उसे घेर कर ही दम लेंगे।"

अरविंद की सरकार पर मीडिया में भी हमले बढ़ने लगे थे। पुराने पत्रकार और मीडिया समूह, जो पहले विशाल सिंह के समर्थक थे, अब उसे निशाना बनाने लगे थे। हर दिन उसकी नीतियों पर नए आरोप लगाए जा रहे थे, और हर निर्णय पर सवाल उठाए जा रहे थे। लेकिन अरविंद ने कभी हार नहीं मानी।

"हम सच्चाई के रास्ते पर चल रहे हैं, और हमें किसी से डरने की जरूरत नहीं है," अरविंद ने अपने मंत्रिमंडल के सदस्यों से कहा। "यह समय है, जब हम जनता के विश्वास को सच्चे कार्यों से मजबूत करेंगे।"

सत्ता के गलियारों में शोर बहुत है,
पर सच बोलने को कमजोर बहुत है।
जो विरोध करे, वो ग़द्दार कहे गए ,
ऐसी सोच से दिल बेज़ार बहुत है।

विपक्ष अगर आईना दिखाए,
तो दुश्मन उसे सब बताएँ।
सवालों से डरती हैं कुर्सियाँ,
सही बात से सब घबराएँ।

जो अंदर से काँटे उगाते रहे,
वही साथ चलकर गिराते रहे।
हमें बाहरी वार से डर नहीं,
पर अपनों के ज़ख़्म रुलाते रहे।

सियासत में सच बोलना जुर्म है,
यहाँ हर ग़लत भी महकता बहुत है।
जो खड़ा हो हक़ की मिसाल लिए,
उसे ही यहाँ पर गिराया बहुत है।

विरोध अगर न हो, तो लोकतंत्र क्या,
हर जुल्म पर चुप हो, तो स्वतंत्रता क्या?
सवालों से बचकर न चल पाएंगे,
ये सत्ता है, कोई देवत्व क्या?

हमारे लहू में बग़ावत रहे,
जो अन्याय देखे, तो हिम्मत रहे।
विरोध से डरते हो, तो छोड़ो ये तख़्त,

क्योंकि सच कहने वालों की आदत रहे!

हम सच्चाई के राह पर चल रहे हैं , विरोध तो होगा ही , और इन विरोधों से हम घबराने वाले नहीं हैं ।

31

राजनीतिक युद्ध तीव्र होता रूप

राज्य के भीतर और राज्य से बाहर, अरविंद के खिलाफ साजिशें लगातार बढ़ने लगीं। कुछ पूर्व सहयोगी, जो पहले तक उसके साथ थे, अब उसे सत्ता के खिलाफ बोलने लगे थे। वे यह आरोप लगाने लगे थे कि अरविंद का रुख अब बहुत कठोर हो गया है, और उनकी नीतियाँ छोटे व्यवसायियों, किसानों और सामान्य जनता के लिए हानिकारक साबित हो सकती हैं।

अरविंद जानता था कि यह उसकी सरकार के खिलाफ एक संगठित हमले का हिस्सा था, जिसे रोकना आसान नहीं था। वह जानता था कि कुछ कदम ऐसे होंगे जिनसे असंतोष फैल सकता था, लेकिन उसने तय किया कि वह किसी भी कीमत पर अपने सिद्धांतों से समझौता नहीं करेगा।

"हमारा संघर्ष सिर्फ सत्ता के लिए नहीं है। यह एक विश्वास का युद्ध है," अरविंद ने अपने करीबी साथियों से कहा। "हमें हर कदम पर अपनी नीतियों को सही साबित करना होगा।"

यह संघर्ष अब केवल राजनीति तक सीमित नहीं था। यह उस विचारधारा का युद्ध बन चुका था जो अरविंद और उसकी सरकार ने अपनाई थी—भ्रष्टाचार के खिलाफ, पारदर्शिता के पक्ष में, और हर

नागरिक को न्याय देने के लिए।

32

एक ऐतिहासिक फैसला

एक दिन, अरविंद को एक ऐसे फैसले की आवश्यकता महसूस हुई, जो उसकी सरकार की मजबूती को साबित कर सके और विपक्ष के हर हमले का मुंह तोड़ जवाब दे सके। यह फैसला था—विपक्षी नेताओं और सरकारी अधिकारियों के खिलाफ कड़ी कार्रवाई करना जो भ्रष्टाचार में लिप्त थे।

यह एक ऐतिहासिक कदम था, क्योंकि अब तक किसी भी सरकार ने इस तरह की कठोर कार्रवाई नहीं की थी। अरविंद ने अपने प्रशासन से सभी भ्रष्टाचारियों के खिलाफ जांच और कार्रवाई करने की योजना बनाई।

"यह उनका समय है। वे अब तक जो सत्ता का गलत इस्तेमाल कर रहे थे, अब उनका हिसाब होगा," अरविंद ने अपने मंत्रियों से कहा। "हम किसी को भी नहीं छोड़ेंगे, चाहे वह कितना भी प्रभावशाली क्यों न हो।"

''जो जनता का हक़ ही दबाने लगे,
वो खुद को ख़ुदा आजमाने लगे।

मगर ये सियासत की मेहराब है,
यहाँ हर सितम हम मिटाने लगे।

वो कुर्सी को जायदाद समझे अगर,
तो जनता का गुस्सा भी दिख जाएगा।
जो लूटेगा दौलत वफ़ादार की,
वो अपने ही घर में सिसक जाएगा।

हर वादा था झूठा, हर सौदा भी था,
सियासत में रिश्वत का नशा भी था।
जो बेचे थे ईमान, सत्ता के दम पर,
उन्हें अब सजा का मज़ा भी था।

यहाँ अब अदालत सड़कों पे होगी,
सियासत से अब गंदगी धुलनी होगी।
जो सरपरस्ती में बैठे थे ख़्वाबों में,
उन्हें फाँसी पर चढ़नी होगी।

ये आवाम अब चुप न रहने लगे,
अब लफ़्ज़ों से शोले बरसने लगे।
जो था चोर, वो राजा नहीं बन सका,
जो था साज़िशी, वो भी गिरने लगे।

अब वक़्त आ चुका है हिसाब का,
हर लूट का और हर ख़्वाब का।
जो सत्ता को बपौती समझते रहे थे ,
उन्हें अब सज़ा दो, इंक़लाब का!''

इस फैसले ने राज्य में तूफान मचा दिया। कई पुराने नेता, जो अब तक सुरक्षित थे, अचानक निशाने पर आए। अरविंद की सरकार ने उन

सभी के खिलाफ जांच शुरू कर दी। यह कदम न केवल राज्य के तंत्र में सुधार लाने के लिए था, बल्कि यह भी एक संदेश था कि वह किसी को भी भ्रष्टाचार के लिए नहीं छोड़ेगा।

33

आशिमा का योगदान

आशिमा मलिक, जो अब अरविंद की सरकार का अहम हिस्सा बन चुकी थी, इस पूरे अभियान में उसकी सबसे बड़ी सहयोगी बन गई। उसने मीडिया के जरिए जनता को बताया कि यह कदम क्यों जरूरी था। उसकी रिपोर्टों ने देशभर में एक नई जागरूकता का माहौल बनाया।

"अरविंद की सरकार ने जो कदम उठाए हैं, वह एक ऐतिहासिक बदलाव की ओर बढ़ने का संकेत हैं। यह समय है जब हमें अपने नेताओं से सवाल पूछने होंगे और उन्हें उनके कर्मों के लिए जिम्मेदार ठहराना होगा," आशिमा ने एक विशेष कार्यक्रम में कहा।

आशिमा के साहसिक और सच्चे रिपोर्टिंग ने न केवल अरविंद की नीतियों को सही साबित किया, बल्कि वह मीडिया की दुनिया में एक सशक्त आवाज बन चुकी थी।

34

संघर्ष की आंधी

जब अरविंद की सरकार ने भ्रष्टाचार के खिलाफ अपने अभियान को तेज़ किया, तो यह साफ़ हो गया कि कोई भी सत्ता इस अभियान से बच नहीं सकती। हर दिन नए खुलासे हो रहे थे, और हर कदम पर अरविंद को विपक्ष की कड़ी प्रतिक्रिया मिल रही थी।

"तुम्हारी नीतियों ने राज्य को तोड़ दिया है," विपक्षी नेता चिल्लाते थे। "तुमने सिर्फ अपनी राजनीति के लिए लोगों का जीवन मुश्किल बना दिया है!"

लेकिन अरविंद की एक ही प्रतिक्रिया थी—"हम किसी भी कीमत पर भ्रष्टाचार और असमानता से लड़ेंगे।"

यह संघर्ष अब केवल राजनीतिक नहीं था, बल्कि यह एक नए समाज के निर्माण का संघर्ष बन चुका था, जहां लोग सत्ता के खेल से मुक्त होकर एक दूसरे के साथ सच्चाई और समानता से जी सकें।

35

नया समाज, नया भविष्य

अरविंद ने महसूस किया कि यह संघर्ष कभी खत्म नहीं होगा। सत्ता में रहकर, उसे यह समझ में आया कि हर कदम पर परिवर्तन की आवश्यकता होती है, और हर दिन कुछ नया सीखने की प्रक्रिया जारी रहती है।

"हमने जो बदलाव शुरू किया है, वह एक यात्रा है, जो कभी खत्म नहीं होगी।" अरविंद ने अपने मंत्रिमंडल से कहा। "हमें इसे एक मिशन के रूप में देखना है, न कि सिर्फ एक राजनीतिक उपलब्धि के रूप में।"

अब अरविंद की नजरें भविष्य पर थीं। वह जानता था कि राजनीति के भीतर बदलाव लाने का यह पहला कदम है, लेकिन असली काम जनता के विश्वास को कायम रखना और सच्चाई के पक्ष में लगातार खड़ा रहना था।

"सिंहासन की छाया" को चुनौती देने का संघर्ष अब अंत तक नहीं पहुंचा था। यह तो बस एक नई शुरुआत थी, जो समय के साथ बढ़ती जाएगी।

अरविंद की यात्रा ने यह सिद्ध कर दिया था कि सत्ता, जब सही दिशा में प्रयोग की जाती है, तो वह जनकल्याण के लिए एक सशक्त साधन बन सकती है। उसकी संघर्षों और फैसलों ने उसे एक सच्चे नेता के रूप

में स्थापित किया, जिसने सत्ता के शीर्ष पर होते हुए भी अपने सिद्धांतों को कभी नहीं छोड़ा।

यह कहानी केवल राजनीति तक सीमित नहीं थी; यह सत्य और न्याय के संघर्ष, विश्वास और समर्पण की कहानी थी—एक यात्रा, जो कभी समाप्त नहीं होती, क्योंकि हर सच्चाई के बाद एक और सत्य सामने आता है।

36

संकट और अवसर

अरविंद की सरकार के भ्रष्टाचार के खिलाफ अभियान को लेकर कई शक्तिशाली विरोधी बन चुके थे, और यह संघर्ष और भी तीव्र हो गया। लेकिन इस कठिन दौर में, अरविंद ने संकटों को अवसर में बदलने की कला को पूरी तरह से अपनाया। सत्ता में रहते हुए भी, वह निरंतर जनता से संवाद करते रहे, अपने फैसलों की सच्चाई को उजागर करते रहे और विपक्ष के हर हमले को शांतिपूर्वक और समझदारी से झेलते रहे।

"यह समय हमें कमजोर नहीं करेगा, बल्कि मजबूत बनाएगा," अरविंद ने अपने मंत्रिमंडल से कहा। "हमें यह दिखाना है कि हम किसी दबाव के सामने झुकने वाले नहीं हैं।"

"हमें आँधियों से लड़ना पड़ा,
हर एक मोड़ पर आज़माना पड़ा।
कभी ज़ख्म खाकर भी हँसना पड़ा,
कभी ख़ुद को ख़ुद ही मनाना पड़ा।

सियासत के रास्ते काँटों भरे,
यहाँ हर क़दम पर हैं पत्थर पड़े।
मगर हम न झुके, न कभी रुके,

हमें हर ग़लत से टकराना पड़ा।

जो सच बोलते हैं, सताए गए,
जो हक़ माँगते हैं, डराए गए।
मगर हौसले जब जवान हो गए,
तो तख़्तों को भी डगमगाना पड़ा।

हमारी तरह से चलो एक दिन,
कभी धूप में जलो एक दिन।
तब समझोगे क्या है यह सफ़र,
जहाँ हर घड़ी मुस्कुराना पड़ा।

न हारेंगे हम, न झुकेंगे कभी,
हम हर वक़्त संघर्ष के हैं अभी।
अगर हम गिराए गए फिर कहीं,
तो दुनिया को हिलाते दिखाना पड़ा!''

राज्य में कई जगहों पर विरोध प्रदर्शन हो रहे थे। कुछ लोग तो सड़कों पर उतर आए थे, क्योंकि वे मानते थे कि सरकार की नीतियाँ उनके जीवन को प्रभावित कर रही थीं। किसानों और छोटे व्यापारियों को कुछ फैसले कठिनाई में डाल रहे थे। लेकिन अरविंद ने स्थिति को सही दिशा में मोड़ने के लिए कई मंचों पर जनता से बात की और उनके मुद्दों को समझा।

"हम केवल आपको योजनाएं नहीं दे रहे हैं, हम आपके साथ खड़े हैं," उसने एक सभा में कहा। "हमें यह सुनिश्चित करना है कि हर निर्णय आपके भले के लिए लिया जाए, और हम किसी भी तरह से आपको अकेला नहीं छोड़ेंगे।"

यह संवाद और जनता की परेशानियों को समझने का तरीका था, जो उसे एक सशक्त नेता के रूप में उभारता था। उसकी ईमानदारी और निष्ठा ने धीरे-धीरे विरोधी विचारधाराओं में भी संशय और विचार की

एक नई धारा शुरू कर दी।

37

विपक्ष की नई रणनीति

विपक्ष ने अब अपने पुराने आरोपों के अलावा एक नई रणनीति अपनाई। उन्होंने अरविंद की सरकार के सुधारों को 'पॉपुलिस्ट' (जनप्रिय) और 'सतही' बताया, और यह तर्क दिया कि जिन बदलावों को वह ला रहे थे, वे केवल दिखावा थे और इनसे समाज के लंबे समय से चले आ रहे मुद्दों का स्थायी समाधान नहीं हो सकता।

"क्या यह सही है कि वह सिर्फ जनता को खुश करने के लिए फैसले ले रहे हैं? क्या यह सिर्फ एक चुनावी हथकंडा नहीं है?" विशाल सिंह ने एक जनसभा में कहा। "वे जो कर रहे हैं, उससे केवल अस्थायी राहत मिल सकती है, और फिर वही पुराने सिस्टम लौट आएंगे।"

विपक्ष का यह आरोप कुछ हद तक असर डालने लगा था, क्योंकि समाज के कुछ हिस्से ऐसे थे जो सोचते थे कि अरविंद की नीतियाँ केवल 'तत्काल' परिणामों के लिए थीं, और उनके पास दीर्घकालिक समाधान नहीं थे। यह अरविंद के लिए एक चुनौती बन गया। लेकिन उसने अपनी नीति में सुधार किया और अपने मंत्रियों के साथ विचार-विमर्श करके हर फैसले के पीछे एक दीर्घकालिक दृष्टिकोण रखने पर जोर दिया।

"हम सिर्फ वर्तमान की नहीं, भविष्य की चिंता कर रहे हैं। हर नीति एक लंबे सफर की शुरुआत है, जो इस राज्य को एक बेहतर जगह

बनाएगी।" अरविंद ने अपनी टीम से कहा।

38

आशिमा का नया दृष्टिकोड़

आशिमा मलिक के लिए भी यह समय एक चुनौती था। उसने अपने पत्रकारिता करियर के दौरान कई उतार-चढ़ाव देखे थे, लेकिन इस बार उसे सरकार के फैसलों की सच्चाई और विपक्ष के आरोपों को समझते हुए एक नई जिम्मेदारी का एहसास हुआ। वह अब केवल रिपोर्टिंग नहीं कर रही थी, बल्कि वह जनता की आवाज बन चुकी थी, और उसकी सच्चाई को सही तरीके से पेश करना और भी महत्वपूर्ण हो गया था।

"यह केवल सरकार का काम नहीं है, यह हम सभी का काम है कि हम समाज में बदलाव लाने के इस सफर को सही दिशा दें," आशिमा ने एक कार्यक्रम में कहा। "हमें यह समझना होगा कि हर कदम पर हमें सही और गलत का अंतर स्पष्ट रूप से पहचानना होगा।"

आशिमा ने अपने पत्रकारिता के माध्यम से उन असल मुद्दों को उजागर किया, जो सरकार की योजनाओं से पहले अनदेखे थे। छोटे व्यापारियों से लेकर किसानों तक, हर तबके की समस्याओं को उसने सुना और उन पर रिपोर्टिंग की। यह उसे और भी ताकतवर बनाता गया, क्योंकि लोग उसे एक ईमानदार और निडर पत्रकार के रूप में पहचानने लगे थे।

39

निर्णायक मोड़

यह संघर्ष अब निर्णायक मोड़ पर आ चुका था। अरविंद की सरकार ने एक अहम कदम उठाया—विपक्षी नेताओं और कुछ पूर्व मंत्रियों के खिलाफ भ्रष्टाचार के आरोपों पर जांच तेज की। यह निर्णय न केवल अरविंद की सरकार की कठोर नीति का संकेत था, बल्कि यह विपक्ष और मीडिया दोनों को यह संदेश भी दे रहा था कि वह किसी से नहीं डरता।

इस कदम से राज्य में राजनीतिक हलचल तेज हो गई। विरोधियों ने इसे 'राजनीतिक प्रतिशोध' कहकर उसकी आलोचना की, लेकिन अरविंद ने इसे एक ऐतिहासिक कदम बताया।

"हम सिर्फ विरोधियों को नहीं, बल्कि भ्रष्ट तंत्र को चुनौती दे रहे हैं। अगर हमें गलत साबित किया गया, तो हम जिम्मेदारी लेंगे, लेकिन यह फैसला हमारे सिद्धांतों से जुड़े हुए हैं।" अरविंद ने अपने समर्थकों से कहा।

40

जनता की ताकत

कई महीनों के संघर्ष के बाद, अरविंद को यह एहसास हुआ कि राजनीति सिर्फ फैसलों तक सीमित नहीं है। असल ताकत जनता के समर्थन में है। जहां विपक्षी नेता और आलोचक इस सरकार को खत्म करने की कोशिश कर रहे थे, वहीं जनता ने अपना समर्थन जारी रखा।

"हम उनके खिलाफ नहीं, बल्कि एक बेहतर राज्य बनाने के लिए लड़ रहे हैं," अरविंद ने एक सभा में कहा। "हमने जो शुरुआत की है, वह अब सिर्फ हमारी सरकार की नहीं, बल्कि हर नागरिक की लड़ाई बन चुकी है।"

''जो हक़ छीनेगा, मिटा देंगे हम,
अब सच्चाई को जिता देंगे हम।
अगर सर चढ़ी है हुकूमत कोई,
तो तख़्तों को नीचे गिरा देंगे हम।

न समझो कि जनता है कमजोर अब,
ये हर दौर में बन गई शोर अब।
अगर हक़ पर पहरा लगाया गया,
तो सत्ता के बंदे हिला देंगे हम।

ये ताक़त न धन से, न तलवार से,
ये चलती है बस अपने ईमान से।
अगर छल से राज़ी हुए हाकिम,
तो दरबार को ही जला देंगे हम।

न दबने की आदत, न झुकने की शर्म,
ये हर वार को सहके बनती है धर्म।
अगर अत्याचारों से घिरी ज़िंदगी,
तो क्रांति की ज्वाला बना देंगे हम।

हर मजदूर, हर किसान जागेगा,
अब फिर से नया दौर आएगा।
जो जनता के हक़ को दबाएगा,
तो रेतों में उसको बहा देंगे हम।

न लोभी, न लालच, न झूठे वचन,
सियासत हो केवल जनहित में तन।
अगर क्रांति के सपने मिटाए गए,
विपक्षी सियासत मिटा देंगे हम।

अब झूठे वादों से बहलाए नहीं,
अब क्रांति के दीपक बुझाए नहीं।
जो नेता बनेगा तो सेवक बने,
जो राजा बनेगा, हटा देंगे हम।

यह जनता है, यह ताक़त भी है,
यह मिट्टी भी है, यह इज्ज़त भी है।
अगर भूल गए हुक्मरां आज इसे,
तो इतिहास को फिर जगा देंगे हम!"

जनता का समर्थन अरविंद की सरकार के लिए अब एक मजबूत आधार बन चुका था। सरकार ने कई बड़े सुधार किए, जो पहले असंभव माने जाते थे। इन सुधारों ने राज्य में नया आत्मविश्वास पैदा किया और सत्ता के नए नजरिए को स्थापित किया।

41

एक नई सुबह

अंततः अरविंद की सरकार ने उन तमाम संघर्षों और आरोपों को पार करते हुए राज्य में बदलाव का एक नया अध्याय शुरू किया। जनता का विश्वास लगातार बढ़ा, और उसने अपने नेताओं से जो उम्मीदें लगाई थीं, वे पूरी होने लगीं।

"हमने जो शुरू किया था, वह अब एक नई सुबह का प्रतीक बन चुका है," अरविंद ने अपने मंत्रियों से कहा। "हमारी यात्रा खत्म नहीं हुई, बल्कि यह एक नई शुरुआत है।"

राज्य में बदलाव की बयार अब एक नई दिशा में चल रही थी—यह वह दिशा थी जो सच्चाई, पारदर्शिता, और समानता की ओर ले जाती थी।

यह कहानी, जैसे ही अगले अध्याय में नए संघर्षों और सफलताओं के साथ आगे बढ़ेगी, यह सिद्ध करेगी कि सच्ची सत्ता वह होती है, जो जनहित में होती है, और सच्चा नेता वह होता है, जो अपने सिद्धांतों से कभी समझौता नहीं करता।

42

नई चुनौतियाँ और अनदेखे रास्ते

अरविंद की सरकार अब अपनी सफलता के शिखर पर थी, लेकिन जैसा कि अक्सर होता है, सफलता के साथ नई चुनौतियाँ भी उत्पन्न हो जाती हैं। सरकार की नीतियाँ और सुधार अब लोगों की उम्मीदों के साथ जुड़ी हुई थीं, और अगर इन सुधारों में एक भी कमी दिखी, तो उसे बहुत बड़े पैमाने पर आलोचनाओं का सामना करना पड़ सकता था। यह दौर अरविंद के लिए एक नई परीक्षा का था—क्या वह अपनी नीतियों को और अधिक प्रगति की दिशा में ले जा पाएंगे, या फिर आलोचना की आंधी उसे गिरा देगी?

"अब तक हम जो कर चुके हैं, वह सिर्फ शुरुआत है," अरविंद ने एक बैठक में कहा। "हमारे सामने सबसे बड़ी चुनौती यह है कि हम जनता की उम्मीदों को कायम रख सकें, और हर समस्या का समाधान लगातार ढूंढते रहें।"

चुनौतियाँ अब केवल राजनीतिक नहीं, बल्कि सामाजिक और आर्थिक भी थीं। राज्य में कृषि संकट, बेरोज़गारी, और छोटे उद्योगों की समस्याएँ अभी भी मौजूद थीं। एक ओर जहां अरविंद ने बड़े सुधार किए थे, वहीं दूसरी ओर उसे यह भी महसूस हुआ कि सभी बदलावों का तात्कालिक असर हर व्यक्ति तक नहीं पहुंच रहा था। किसानों और छोटे

व्यापारियों के लिए नीतियाँ प्रभावी ढंग से लागू नहीं हो पा रही थीं।

"यह सही है कि हमने भ्रष्टाचार के खिलाफ कदम उठाए, लेकिन हमें अपनी नीतियों को और व्यवहारिक और सुलभ बनाना होगा," अरविंद ने कहा। "किसान और छोटे व्यापारी, जिनके लिए हम काम कर रहे हैं, अब भी संघर्ष कर रहे हैं। हमें उनके साथ खड़ा होना होगा।''

43

एक विभाजनकारी विचारधारा

इस समय तक, विपक्ष की राजनीति ने और भी तेज़ी पकड़ ली थी। उन्होंने सरकार के हर कदम पर सवाल उठाने की कोशिश की और यह आरोप लगाया कि अरविंद अपनी सरकार की छवि चमकाने के लिए बदलावों को लागू कर रहे हैं, जबकि असली समस्याओं से निपटने में नाकामयाब हो रहे हैं।

विशाल सिंह और उसके समर्थकों ने यह कहना शुरू किया कि अरविंद सरकार केवल मीडिया में सुखियों के लिए काम कर रही है और ज़मीन पर उसकी योजनाओं का कोई असर नहीं दिख रहा। विपक्ष ने यह प्रचारित किया कि सरकार अपनी नीतियों को सिर्फ चुनावी फायदे के लिए बदल रही है, बजाय इसके कि वह किसी दीर्घकालिक समाधान पर ध्यान दे।

"अरविंद ने जो शुरू किया था, वह सिर्फ एक सस्ती लोकप्रियता हासिल करने की कोशिश थी," विशाल सिंह ने एक सार्वजनिक भाषण में कहा। "उनके सुधार केवल दिखावे के हैं, और हम इसे जनता को समझाने में सफल होंगे।"

इस बार, यह आक्रमण अरविंद के लिए विशेष रूप से चुनौतीपूर्ण था। उसे यह एहसास हुआ कि मीडिया और विपक्ष की सख्त आलोचनाओं का

सामना करना होगा, लेकिन इस बार उसे न सिर्फ राजनीतिक रूप से, बल्कि सृजनात्मक रूप से भी प्रतिक्रिया देनी होगी। सरकार ने यह तय किया कि वह अपने सुधारों के प्रभाव का मूल्यांकन करेगी और किसी भी कमी को सुधारने के लिए ठोस कदम उठाएगी।

44

सशक्त जनता की आवाज

इस दौर में, अरविंद और उसकी सरकार के लिए सबसे महत्वपूर्ण समर्थन जनता का था। आशिमा मलिक की रिपोर्टिंग और उसके द्वारा उठाए गए मुद्दों ने अब राज्य भर में एक नई जागरूकता का निर्माण किया। वह पत्रकारिता में सिर्फ एक रिपोर्टर नहीं, बल्कि एक सशक्त आवाज बन चुकी थी, जिसने हर सरकार के निर्णय की सच्चाई को सामने लाने में कोई कसर नहीं छोड़ी थी। उसकी कहानियाँ अब केवल सूचना नहीं, बल्कि आंदोलन का रूप लेने लगी थीं।

"जो सरकारें सच का सामना नहीं करतीं, वे कभी मजबूत नहीं बन सकतीं," आशिमा ने एक इंटरव्यू में कहा। "अगर हम सच्चाई को स्वीकार करेंगे, तो ही सही बदलाव संभव होगा।"

आशिमा की रिपोर्टिंग ने न केवल अरविंद की सरकार की योजनाओं को सजीव किया, बल्कि वह जनता को यह एहसास दिलाने में सफल रही कि लोकतंत्र में हर नागरिक का अधिकार है कि वह अपने नेताओं से सवाल पूछे और उन्हें जिम्मेदार ठहराए। मीडिया की यह भूमिका अब पहले से कहीं अधिक प्रभावशाली और महत्वपूर्ण हो चुकी थी।

45

नए यथार्थ से जूझना

अरविंद और उसकी सरकार को यह अब समझ में आ गया था कि हर सुधार का सामना नहीं किया जा सकता। राज्य में छोटे और मध्यम व्यापारियों के लिए राहत की योजनाओं का विकास करना जरूरी था। उसे यह एहसास हुआ कि जो कागजों पर अच्छा लग रहा था, वह ज़मीन पर उतना प्रभावी नहीं था।

राज्य में एक नई आर्थिक नीति लागू करने का समय था, जो किसानों और छोटे व्यवसायियों को सीधे लाभ पहुँचा सके। अरविंद ने अपने मंत्रियों और अधिकारियों के साथ इस मुद्दे पर गहन मंथन किया, और एक नई योजना बनाई, जिसमें छोटे कारोबारियों के लिए आसान कर्ज़ और किसानों के लिए बेहतर समर्थन योजनाएँ दी गईं।

"हम सिर्फ नारे नहीं लगा सकते," अरविंद ने अपने मंत्रियों से कहा। "हमें ठोस योजनाएँ बनानी होंगी, ताकि हर व्यक्ति को महसूस हो कि हम उनके साथ खड़े हैं।"

46

नई शुरुआत

अरविंद की सरकार ने अब उन नीतियों को लागू करना शुरू किया जिनसे राज्य के सामाजिक और आर्थिक ढांचे में बदलाव आए। एक नई कृषि नीति के तहत किसानों को आसान ऋण दिए जाने लगे, जबकि छोटे व्यापारियों को बाजार में प्रतिस्पर्धा का सामना करने के लिए राहत दी गई। इस नीति ने विपक्ष को एक बार फिर चुनौती दी थी, लेकिन इस बार अरविंद ने यह साबित किया कि उसके कदम न केवल राजनीति के लिए, बल्कि राज्य के विकास के लिए थे।

जनता का समर्थन और मीडिया का पक्ष, दोनों अब उसके साथ थे। लोग यह महसूस कर रहे थे कि अरविंद की सरकार ने उन्हें ध्यान में रखते हुए बदलाव किए थे। हालाँकि विपक्ष अभी भी अपनी आलोचना जारी रखे हुए था, लेकिन अब उसे अपनी आलोचनाओं का जवाब भी मिल रहा था।

"हमारा संघर्ष केवल सत्ता तक पहुँचने का नहीं था, बल्कि यह एक नए समाज के निर्माण का संघर्ष है," अरविंद ने अपने अंतिम भाषण में कहा। "हमारा लक्ष्य न सिर्फ सत्ता को हासिल करना था, बल्कि हर नागरिक की जिंदगी को बेहतर बनाना था।"

47

भविष्य की ओर

जैसे-जैसे अरविंद की सरकार अपने सुधारों में आगे बढ़ती गई, एक नई राजनीतिक और सामाजिक हवा राज्य में बहने लगी। उसने साबित कर दिया था कि अगर सिद्धांतों के साथ सत्ता का संचालन किया जाए, तो न केवल सत्ता में बदलाव आता है, बल्कि समाज में भी गहरे और स्थायी बदलाव संभव हैं।

अगला कदम अब और भी स्पष्ट था: "हमारा काम कभी खत्म नहीं होने वाला है," अरविंद ने एक आखिरी बार अपनी टीम से कहा। "हमें जनता के विश्वास को सच्चे कामों से सहेजना होगा, और यही असली सशक्तिकरण है।"

"चलो अब उजालों की राहों में हम,
नई सुबह के दीपक जलाने चले।
जो थे गर्दिशों में, जो खोए हुए,
उन्हें फिर से मंज़िल दिखाने चले।

जो बीता, वो केवल एक दास्तां,
नई बात लिखनी है, नया आसमां।
नहीं अब अंधेरों में रहना हमें,

सवेरा नयी रोशनी ला सके।

न हारेंगे हम, न झुकने देंगे,
न हक़ को कभी भी मिटने देंगे।
जो क़दम अब बढ़े हैं इरादों के संग,
तो मुश्किल कोई भी न रोक सके।

भविष्य हमें अब बुलाने लगा,
हर सपना हकीकत बनाने लगा।
जो कल तक थे काँटे, अब फूल बने,
जो खोया, वो फिर से पाने चला।

हर घर में हो खुशियों की बारिश नई,
हर चेहरे पे हो रौशनी की लड़ी।
अब अंधेरों को पीछे ही छोड़कर,
चलो रोशनी के नगर की तरफ़।

चलो अब बदलाव का मौसम चले,
हर इंसान हक़ को समझने चले।
जो कल तक थे ज़ंजीर में कैद सब,
वो आज़ाद होकर उड़ाने चले!"

यह संघर्ष केवल सत्ता के लिए नहीं था, बल्कि यह समाज में उस नई विचारधारा के बीजारोपण का था, जहाँ न्याय, समानता और पारदर्शिता ही सबसे बड़े आदर्श बनें।

48

राज्य में नयापन की हवा

अरविंद की सरकार के द्वारा लागू की गई नीतियाँ अब धीरे-धीरे ज़मीन पर असर दिखाने लगी थीं। किसानों को मिली सहुलतें, छोटे व्यापारियों को मिले नए अवसर, और सरकारी तंत्र में आई पारदर्शिता ने जनता का भरोसा और भी मजबूत किया था। राज्य में बदलाव की बयार ने एक नई सोच को जन्म दिया, और हर व्यक्ति को यह महसूस होने लगा था कि अब उनके पास बदलाव का रास्ता है।

हालाँकि, यह यात्रा अब भी आसान नहीं थी। राज्य में कुछ हिस्सों में पुराने तंत्र से जुड़ी ताकतें और विचारधाराएँ अपनी पकड़ बनाए हुए थीं। इन शक्तियों ने राज्य में व्याप्त गहरी जड़ें और परंपराएँ ही नहीं, बल्कि अरविंद के सुधारों को भी चुनौती दी थी। हालांकि, अरविंद ने यह अच्छी तरह समझ लिया था कि परिवर्तन कभी भी सरल नहीं होता, और उसे जनता के विश्वास के साथ अपनी नीतियों का बचाव करना होगा।

"हमारा उद्देश्य सिर्फ कुछ बदलाव लाना नहीं है, बल्कि हम एक ऐसी राजनीति की नींव रख रहे हैं, जहाँ सभी को समान अवसर मिले," अरविंद ने एक सभा में कहा। "यह रास्ता कठिन है, लेकिन अगर हम सच्चाई के साथ खड़े रहेंगे, तो यह संघर्ष खुद ब खुद सफलता की ओर बढ़ेगा।"

जनता की भागीदारी अब केवल चुनावों तक सीमित नहीं थी। लोग अपने स्थानीय मुद्दों पर सरकार से सीधे संवाद करने के लिए उत्साहित थे। हर गाँव, हर छोटे शहर में संवाद की प्रक्रिया तेजी से बढ़ी। न केवल सत्ता, बल्कि विपक्ष भी इस बदलाव से हैरान था।

49

मीडिया और लोकतंत्र

आशिमा मलिक अब केवल एक पत्रकार नहीं रह गई थी, बल्कि वह एक संस्था बन चुकी थी। उसकी रिपोर्टिंग और विश्लेषण ने अरविंद की नीतियों को केवल एक दिशा नहीं दी, बल्कि उसने लोकतंत्र के चौथे स्तंभ को भी नये रूप में प्रस्तुत किया। मीडिया अब केवल खबरें नहीं देता था, बल्कि वह सरकार और विपक्ष के बीच का सेतु बन चुका था।

आशिमा के कई लेख और रिपोर्ट्स ने जनता में जागरूकता फैलाई, और वह लगातार जनता की आवाज़ के रूप में उभरती रही। उसने एक ऐसी पहल की, जिसमें लोगों को यह समझाने की कोशिश की गई कि लोकतंत्र केवल वोट देने तक सीमित नहीं है, बल्कि इसमें सक्रिय भागीदारी की भी आवश्यकता है।

"हम सिर्फ यह नहीं कह सकते कि सरकार को जिम्मेदार ठहराना हमारा काम है," आशिमा ने एक विशेष रिपोर्ट में कहा। "हमें अपने अधिकारों और कर्तव्यों को समझते हुए सरकार की हर नीति की सही तरीके से आलोचना करनी होगी।"

उसकी रिपोर्टिंग ने न केवल अरविंद की सरकार के प्रति विश्वास को बढ़ाया, बल्कि जनता को भी यह समझने में मदद की कि यह उनका लोकतांत्रिक अधिकार है कि वे सरकार से सवाल करें और उसे जवाबदेह बनाए रखें।

50

विपक्ष की असमंजस स्थिति

हालाँकि विपक्ष ने बहुत प्रयास किए थे, लेकिन जनता के बीच अरविंद की सरकार की छवि लगातार मजबूत होती जा रही थी। अब विपक्ष को यह समझ में आ चुका था कि केवल आलोचना करने से सरकार को गिराया नहीं जा सकता। वह अब खुद एक दुविधा में था—अगर उसे फिर से जनता का समर्थन पाना है, तो उसे अपनी रणनीतियाँ बदलनी होंगी।

विशाल सिंह और उसके समर्थकों ने अब यह महसूस किया कि उनकी पुरानी रणनीतियाँ विफल हो चुकी थीं। वह अपने पुराने आरोपों को लेकर केवल अरविंद पर हमला करने से कुछ हासिल नहीं कर सकते थे। इसके बजाय, विपक्ष ने एक नया दृष्टिकोण अपनाया, जिसमें उन्होंने सरकार की नीतियों के सकारात्मक पहलुओं को स्वीकार किया, लेकिन उनसे बेहतर और अधिक स्थायी समाधान प्रस्तुत करने की कोशिश की।

"हम यह नहीं कह सकते कि सरकार पूरी तरह से गलत है," विशाल सिंह ने अपने कार्यकर्ताओं से कहा। "हमें अब अपनी नीतियों को और स्पष्ट तरीके से पेश करना होगा, ताकि हम सरकार से एक बेहतर विकल्प दे सकें।"

विपक्ष ने अब सरकार से मुकाबला करने के लिए एक नई रणनीति बनाई। यह केवल आलोचना तक सीमित नहीं था, बल्कि वह अब एक वैकल्पिक राजनीतिक दृष्टिकोण और योजनाओं के साथ जनता के सामने आने की तैयारी कर रहे थे।

51

आंतरिक संघर्ष और समाधान

अरविंद की सरकार में भी आंतरिक संघर्ष कम नहीं थे। उसकी टीम में कुछ सदस्य, जो शुरुआत में उसकी नीतियों के प्रति समर्पित थे, अब उन नीतियों के व्यावहारिक पक्ष को लेकर आलोचनाएँ करने लगे थे। उन्हें यह महसूस होने लगा था कि बहुत अधिक सुधारों और योजनाओं को एक साथ लागू करना मुश्किल हो रहा था।

"हमारे सामने अब ज्यादा संकट हैं। ये फैसले ज़मीन पर प्रभावी नहीं हो पा रहे हैं। हमें ज्यादा ध्यान देना होगा," सरकार के एक वरिष्ठ मंत्री ने निजी बैठक में कहा।

अरविंद ने यह संघर्ष समझा और एक ठोस समाधान की ओर कदम बढ़ाया। उसने अपनी टीम को यह समझाया कि हर कदम पर सरकार को समझदारी से और क्रमबद्ध तरीके से काम करना होगा।

"हम जो कर रहे हैं, वह आसान नहीं है," अरविंद ने अपनी टीम से कहा। "हमें सब्र रखना होगा और हर योजना की सफलता को सुनिश्चित करना होगा। अगर हम किसी कदम में गलती करते हैं, तो हमें इसे स्वीकार कर सुधारना होगा।"

इसने सरकार में एक नई दिशा दी। अरविंद ने अपनी टीम को सिखाया कि जब तक वे सच्चाई के साथ खड़े रहेंगे, तब तक उनके द्वारा

किए गए बदलाव सही दिशा में ही होंगे।

52

भविष्य की ओर कदम

अरविंद और उसकी टीम अब भविष्य की ओर कदम बढ़ाने की सोच रही थी। राज्य में आर्थिक और सामाजिक सुधारों के साथ, अब वह अन्य राज्यों के लिए एक मॉडल स्थापित करने की दिशा में सोचने लगे थे। उन्होंने तय किया कि अगले कुछ वर्षों में राज्य को आदर्श राज्य बनाना है, जहाँ समानता, पारदर्शिता और न्याय ही मुख्य आधार हों।

अरविंद ने कहा, "हमने जो शुरू किया है, वह अभी खत्म नहीं हुआ है। यह सिर्फ एक शुरुआत है। हर दिन एक नई चुनौती और एक नई सीख लेकर आएगा।"

अब सरकार ने अपनी योजनाओं को और भी सुदृढ़ किया। शिक्षा, स्वास्थ्य, और रोजगार के क्षेत्रों में और भी कई पहलें शुरू की गईं। राज्य में न केवल राजनीतिक बदलाव हो रहे थे, बल्कि समाज में भी एक नई चेतना का संचार हो रहा था।

अंतिम विचार: सत्य की यात्रा का अंत

अरविंद की यात्रा का यह अध्याय एक बदलाव की कहानी थी, जिसने न केवल सत्ता के शीर्ष पर एक व्यक्ति को बदला, बल्कि पूरे राज्य की विचारधारा और दृष्टिकोण को नया रूप दिया। यह कहानी केवल राजनीति की नहीं थी, बल्कि सच्चाई, समर्पण और विश्वास की यात्रा

थी।

"सत्य और न्याय का रास्ता कभी आसान नहीं होता," अरविंद ने एक साक्षात्कार में कहा। "लेकिन यही रास्ता एक सशक्त और समृद्ध समाज की ओर ले जाता है।"

इस यात्रा ने यह सिद्ध कर दिया था कि जब राजनीति सच्चाई, नैतिकता, और जनकल्याण के उद्देश्य से की जाती है, तो उसका परिणाम समाज में एक स्थायी और सकारात्मक बदलाव के रूप में सामने आता है।

निष्कर्ष:-

यह एक प्रेरक और संघर्षपूर्ण कहानी है, जो यह दर्शाती है कि राजनीति केवल सत्ता की प्राप्ति तक सीमित नहीं है, बल्कि यह एक लंबी यात्रा है, जो समाज में सच्चाई, न्याय और समानता स्थापित करने के उद्देश्य से की जाती है। अरविंद ने सत्ता में आते ही जिन बड़े सुधारों को लागू किया, वह केवल चुनावी रणनीति नहीं, बल्कि एक मजबूत और समृद्ध समाज बनाने के लिए थे। भ्रष्टाचार के खिलाफ संघर्ष, पारदर्शिता की दिशा में कदम, और समाज के कमजोर वर्गों के लिए योजनाएँ, ये सभी उसकी नीतियों के आधार थे।

हालाँकि, यह यात्रा सहज नहीं थी। उसे विपक्ष की आलोचनाओं, आंतरिक असंतोष और पुराने तंत्र से विरोध का सामना करना पड़ा। लेकिन अरविंद ने कभी अपने सिद्धांतों से समझौता नहीं किया। उसने यह साबित किया कि जब सत्ता के साथ सच्चाई, ईमानदारी और जनहित को जोड़ा जाता है, तो न केवल राजनीति में, बल्कि पूरे समाज में बदलाव संभव है।

उसने यह भी समझा कि राजनीति का असली उद्देश्य लोगों के जीवन में सुधार लाना और उनके अधिकारों की रक्षा करना है। सुधारों को लागू करने में समय लगता है, और कभी-कभी असफलताओं का सामना करना पड़ता है, लेकिन अगर जनविश्वास बनाए रखा जाए और हर कदम पर पारदर्शिता बनाए रखी जाए, तो सफलता मिलना निश्चित

है।

आखिरकार, अरविंद ने यह सिद्ध कर दिया कि सत्ता का सही इस्तेमाल, अगर जनहित में हो, तो वह समाज को एक नए, बेहतर भविष्य की ओर ले जा सकता है। उसकी यात्रा सिर्फ एक राजनीतिक यात्रा नहीं, बल्कि सत्य, न्याय और विश्वास की यात्रा थी, जो हमें यह सिखाती है कि बदलाव कभी आसान नहीं होता, लेकिन अगर हम अपने सिद्धांतों के प्रति प्रतिबद्ध रहें, तो हम न केवल खुद को, बल्कि समाज को भी बदल सकते हैं।

Copyright-
आशुतोष प्रताप "यदुवंशी"

विजय गीत

हे ! वीरों के वंशज, चलो कदम बढ़ाएँ,
बाधाओं को तोड़ें, इतिहास नया बनाएँ।
जोश और जुनून से, जल उठे ये धरा,
हम हैं शक्ति के पुजारी, अडिग है हमारा भरोसा।
न रुकना, न झुकना, न हार मान जाना,
हर मुश्किल से लड़कर, लक्ष्य तक पहुँच जाना।
हृदय में हो ज्वाला, नजरों में हो आग,
हम बनें तूफानों की लय, कोई न कर सके विराग।
वीरों की संतति हैं, डरना हमें नहीं आता,
रणभूमि में गर्जन करें, संग हमें विजय गाता।
हम ही हैं पराक्रमी, हम ही हैं अजेय,
धैर्य और संयम से, हम बनें अभेद्य।
हर कण-कण में जागे, मातृभूमि की पुकार,
रग-रग में दौड़े, स्वतंत्रता का संचार।
संघर्षों की माला में, मोती बनें चमकते,
साहस और बलिदान से, हों पत्थर भी झुकते।
चलो बढ़ाएँ कदम, न रुकें, न झुकें,
संकल्प के दीप जलें, अंधकार हम मिटाएँ।
संघर्ष की आँच में, सोने सा तपना है,
हर विपदा से जूझकर, विजय शिखर चढ़ना है।
हम हैं शक्ति के रक्षक, हम ही युग के सारथी,
धधकती अग्नि हैं हम, विजयी जोश के वारथी।
धरती हमारी माँ है, इसके सम्मान में जान लुटाएँ,
भारत के स्वाभिमान को, हर युग में गर्वित कराएँ।
जो भी बढ़ाए आँधी, हम तूफान बन जाएँ,
जो भी डाले बेड़ियाँ, हम लोहा गलाएँ।
न रोके कोई तूफाँ, न कोई रोक पाए,

हम विजयी बनें हर रण में, अमर ज्योत जलाएँ।
शौर्य हमारा अमिट है, साहस कभी न थमे,
हम हैं ज्वालामुखी की ज्वाला, जो कभी न बुझे।
चट्टानों से टकराकर, हम राह बना देंगे,
जो भी आए बाधाएँ, हम पार कर देंगे।

न भूले कभी बलिदान, न भूले अपने प्राण,
राष्ट्रहित में हम सब, न्योछावर कर दें जान।
हमें नहीं चाहिए वैभव, नहीं चाहिए ताज,
बस विजय पताका फहरे, हमारा यही राज।

चलो साथ मिलकर, नए युग का सृजन करें,
भारत को महाशक्ति, अपने कर्मों से गढ़ें।
रंग दे वतन को अपने, श्रम और स्वेद से,
चमके हमारी धरती, सूर्य की तेज से।

तो उठो, जागो, चलो, विजय के मंत्र को जपो,
वीरों के सम्मान में, हर क्षण को अमर करो।
मातृभूमि के चरणों में, हम शीश झुकाएँ,
बलिदानों से सींचे धरा, विजय फूल खिलाएँ।

शुभकामना

"सिंहासन की छाया केवल एक उपन्यास नहीं, बल्कि शब्दों में गढ़ी गई एक कालजयी कथा है, जो पाठकों को इतिहास, राजनीति, समाज और मानवीय मूल्यों की गहराइयों तक ले जाएगी। आशुतोष प्रताप यदुवंशी जी की लेखनी में जिस ओज, प्रवाह और गंभीरता का संचार है, वह उन्हें समकालीन साहित्यकारों में एक विशिष्ट स्थान प्रदान करता है। मुझे पूर्ण विश्वास है कि यह कृति पाठकों के हृदय में अपनी छाप छोड़ेगी और आने वाले समय में हिंदी साहित्य में एक महत्वपूर्ण मील का पत्थर साबित होगी।"

मैं इस अनुपम सृजन के लिए आशुतोष प्रताप यदुवंशी को हार्दिक बधाई देता हूँ और ईश्वर से प्रार्थना करता हूँ कि उनकी लेखनी निरंतर नई ऊँचाइयों को प्राप्त करे तथा वे साहित्य की सेवा में सतत समर्पित रहें।

- बाल कृष्ण मिश्र (वरिष्ठ बैंक प्रबंधक एवं साहित्यकार)

"सिंहासन की छाया में इतिहास की गूँज, वर्तमान की सजीवता और भविष्य की झलक स्पष्ट रूप से दृष्टिगोचर होती है। आशुतोष प्रताप यदुवंशी जी की लेखनी में जो धार, प्रवाह और गंभीरता है, वह उन्हें समकालीन साहित्यकारों में एक विशिष्ट स्थान प्रदान करती है। यह उपन्यास न केवल पाठकों को रोमांचित करेगा, बल्कि उन्हें सोचने पर भी विवश करेगा।"

मैं इस अनुपम साहित्यिक साधना के लिए आशुतोष प्रताप यदुवंशी को हार्दिक बधाई देता हूँ और ईश्वर से प्रार्थना करता हूँ कि उनकी लेखनी निरंतर नयी ऊँचाइयों को स्पर्श करे तथा हिंदी साहित्य को और समृद्ध बनाए।

"शब्द जब इतिहास रचते हैं, तो युगों तक उनकी गूँज सुनाई देती है।"

- दीपक सिंह ''प्रेमी''(गीतकार, गज़लकार, कवि एवं शिक्षक)

शुभकामना

शुभकामना

प्रिय छोटे भाई,

"सिंहासन की छाया" उपन्यास के प्रकाशन पर आपको हार्दिक बधाई एवं शुभकामनाएँ! यह केवल एक पुस्तक नहीं, बल्कि आपकी लेखनी की शक्ति, आपके विचारों की गंभीरता और आपकी अंतर्दृष्टि का प्रतिबिंब है। आपके शब्दों में जो संवेदना, गहराई और प्रतिबद्धता है, वह निश्चय ही पाठकों के हृदय को छूएगी और उन्हें एक नया दृष्टिकोण प्रदान करेगी।एक बड़े भाई के रूप में मुझे आप पर गर्व है कि आपने अपने लेखन से साहित्य जगत में अपनी अलग पहचान बनाई है। आपकी यह कृति निश्चित रूप से समाज और साहित्य में एक नई ऊर्जा भरेगी और आने वाली पीढ़ियों के लिए प्रेरणा बनेगी। आपकी यह साहित्यिक यात्रा अनवरत आगे बढ़े और आप निरंतर सफलता की ऊँचाइयों को छूते रहें, यही मेरी हार्दिक शुभकामनाएँ हैं।

स्नेह एवं शुभकामनाओं सहित,
राघवेन्द्र शुक्ल "मृदुल"(हिन्दी साहित्यकार एवं कवि)

"सिंहासन की छाया" उपन्यास के प्रकाशन पर हृदय से हार्दिक बधाई एवं शुभकामनाएँ! यह जानकर अत्यंत गर्व और प्रसन्नता हो रही है कि आपकी लेखनी ने एक और मील का पत्थर स्थापित किया है। आपके विचारों की गहराई, समाज के प्रति आपकी संवेदनशीलता और आपकी लेखन शैली निश्चित रूप से पाठकों को आकर्षित करेगी और उन्हें नई दिशा प्रदान करेगी। मैं ईश्वर से प्रार्थना करता हूँ कि आपकी लेखनी यूँ ही प्रखर बनी रहे, और आप आगे भी साहित्य जगत में अपनी अमिट पहचान बनाते रहें।

स्नेह और शुभकामनाओं सहित,
आपका बचपन का मित्र,
गोविंद पाण्डेय (वेद छात्र ,महर्षि पाणिनि संस्कृत एवं वैदिक विश्वविद्यालय उज्जैन, म . प्र.)

शुभकामना

शुभकामना

प्रिय आशुतोष प्रताप "यदुवंशी" जी,

आपके उपन्यास "सिंहासन की छाया" के प्रकाशन पर हृदय से हार्दिक बधाई एवं अनंत शुभकामनाएँ! यह केवल एक पुस्तक नहीं, बल्कि आपकी चिंतनशीलता, लेखन कला और समाज के प्रति आपकी गहरी समझ का प्रमाण है। एक युवा कवि होने के नाते, मैं यह भलीभांति समझ सकता हूँ कि शब्दों में भावनाओं को उकेरना और उन्हें पुस्तक का रूप देना कितनी कठिन प्रक्रिया है। आपकी यह यात्रा निश्चित रूप से प्रेरणादायक है और साहित्य जगत में नए आयाम स्थापित करेगी।ईश्वर से प्रार्थना करता हूँ कि आपकी लेखनी अनवरत चलती रहे और आप इसी तरह समाज को जागरूक एवं प्रेरित करते रहें। आपकी यह कृति अमिट पहचान बनाए और आपको अनगिनत सफलताएँ प्राप्त हों—इसी मंगलकामना के साथ।

सादर,

कुमार आदित्य ''यदुवंशी''(कवि एवं साहित्यकार)

प्रिय आशुतोष,

आपके उपन्यास "सिंहासन की छाया" के प्रकाशन पर हृदय से हार्दिक शुभकामनाएँ एवं बधाई! यह कृति निश्चय ही साहित्य जगत में आपकी एक विशिष्ट पहचान बनाएगी और पाठकों के मन-मस्तिष्क पर अमिट छाप छोड़ेगी। आपकी लेखनी में जो गहराई, संवेदनशीलता और समाज के प्रति प्रतिबद्धता है, वह इस उपन्यास को विशेष बनाएगी। मैं,आपके उज्ज्वल भविष्य की कामना करता हूँ। ईश्वर से प्रार्थना है कि आपकी कलम सदा चलती रहे और आपके विचार समाज को नई दिशा प्रदान करें।

शुभकामनाओं सहित,

आशीष यादव(एल . टी . - डॉ . राम मनोहर लोहिया आयुर्विज्ञान संस्थान लखनऊ उ . प्र)

शुभकामना

प्रिय मित्र आशुतोष प्रताप "यदुवंशी" जी,

आपके उपन्यास "सिंहासन की छाया" के प्रकाशन पर हृदय से हार्दिक बधाई एवं शुभकामनाएँ! यह कृति न केवल साहित्य प्रेमियों को आकर्षित करेगी, बल्कि समाज को एक नई दिशा देने में भी सहायक सिद्ध होगी। आपकी लेखनी की गहराई, संवेदनशीलता और सशक्त अभिव्यक्ति निश्चित रूप से पाठकों के हृदय को स्पर्श करेगी।मैं आपके उज्ज्वल भविष्य की कामना करता हूँ। ईश्वर से प्रार्थना है कि आपकी लेखनी निरंतर प्रगति करे, आपकी रचनाएँ साहित्य जगत में नए आयाम स्थापित करें और आपको अनगिनत सफलता मिले। आपकी यह यात्रा सतत आगे बढ़ती रहे और आप हिंदी साहित्य को अपनी अद्भुत लेखनी से समृद्ध करते रहें।

शुभकामनाओं सहित,

संपूर्णानंद पाण्डेय(संस्कृत साहित्य छात्र, लखनऊ विश्वविद्यालय)

प्रिय आशुतोष ,

आपके प्रथम उपन्यास "सिंहासन की छाया" के प्रकाशन पर हृदय से हार्दिक शुभकामनाएँ एवं बधाई! आपकी यह कृति न केवल साहित्य जगत में आपकी पहचान स्थापित करेगी, बल्कि पाठकों के हृदय में भी गहरी छाप छोड़ेगी। आपकी लेखनी की सशक्त अभिव्यक्ति, समाज के प्रति आपकी गहरी दृष्टि और विचारों की प्रखरता इस पुस्तक को एक विशेष स्थान प्रदान करेगी।मैंआपके उज्ज्वल भविष्य की कामना करता हूँ। ईश्वर से प्रार्थना करता हूँ कि आपकी साहित्यिक यात्रा निरंतर आगे बढ़े और आप हिंदी साहित्य को अपनी लेखनी से और अधिक समृद्ध करें। आपकी यह कृति अपार सफलता प्राप्त करे और आपको नए आयामों तक पहुँचाए।

शुभकामनाओं सहित,

कौस्तुभानंद त्रिपाठी उर्फ़ विकास सर (शिक्षक ,देवरिया)

शुभकामना

शुभकामना

प्रिय मित्र आशुतोष जी,

आपके उपन्यास "सिंहासन की छाया" के प्रकाशन पर मेरी ओर से हार्दिक शुभकामनाएँ! आपकी लेखनी समाज, इतिहास और संस्कृति के गहरे पहलुओं को उजागर करने में हमेशा सक्षम रही है। यह कृति निश्चय ही पाठकों को एक नई सोच, प्रेरणा और साहित्यिक आनंद प्रदान करेगी।

आपकी रचनात्मकता और परिश्रम से यह उपन्यास साहित्य जगत में अपनी अलग पहचान बनाएगा। आपकी लेखनी इसी तरह समृद्ध होती रहे और भविष्य में भी आपको अपार सफलता मिले, यही मेरी मंगलकामना है।

शुभकामनाओं सहित,

श्यामजी पाण्डेय(काशी हिन्दू विश्वविद्यालय ,वाराणसी   उ . प्र .)

प्रिय आशुतोष भाई,

आपके उपन्यास "सिंहासन की छाया" के प्रकाशन पर दिल से बधाई और शुभकामनाएँ! आपकी कलम का जादू एक बार फिर पाठकों के दिलों तक पहुँचेगा और उन्हें एक अनोखी साहित्यिक यात्रा पर ले जाएगा।

आपकी लेखनी यूँ ही निखरती रहे, नए आयाम छूती रहे और सफलता की ऊँचाइयों तक पहुँचे। आपकी यह कृति साहित्य जगत में अपनी अलग छाप छोड़ेगी, ऐसी पूरी उम्मीद है।

आपके उज्ज्वल भविष्य की कामना करता हूँ।

शुभकामनाओं सहित ,

विकास मौर्य "विक्कू"(युवा कवि   एवं अखिल भारतीय विद्या परिषद तहसील संयोजक लहरपुर, सीतापुर   उ . प्र .)